© Makoto Shinkai/CoMix Wave Films
5cm per second
Scénario : Makoto Shinkai
Dessin : Yukiko Seike

Chapitre 1
Les fleurs de cerisiers

Akari Shinohara
NOUS SOMMES HEUREUX D'ACCUEILLIR AKARI SHINOHARA !
JE COMPTE SUR VOUS POUR BIEN VOUS OCCUPER DE VOTRE NOUVELLE CAMARADE DE CLASSE !
ENCHANTÉE !
TU UTILISAIS UN DIALECTE ?
EUH... NON...
TU AVAIS UN SURNOM ?
ON M'APPELAIT AKARI...
MAIS CE N'EST PAS UN SURNOM !
ET SI ON T'APPELAIT "ARI-CHAN" ?
"ARI" ?!

Lettre K
TIENS !
MONTE LÀ-DESSUS !

MERCI...
ON EST DANS LA MÊME CLASSE...
N'EST-CE PAS ?
OUI !
ÇA N'A PAS DÛ ÊTRE UNE JOURNÉE FACILE POUR TOI...
HEIN ?
MOI AUSSI, J'AI CHANGÉ D'ÉCOLE, JE SUIS ARRIVÉ L'ANNÉE DERNIÈRE.
C'EST LA DEUXIÈME FOIS QUE JE DÉMÉNAGE...
MAIS J'AI ENCORE DU MAL À M'HABITUER.

...
C'EST VRAI !
C'EST STRES-SANT !
TU VIENS D'OÙ, DÉJÀ ?
DE SHIZU-OKA...
ENFIN, DE LA CAM-PAGNE DE SHIZUOKA !
MOI AUSSI, JE VIENS DE LA CAM-PAGNE !
DE NAGANO !
AH OUI ?
C'EST DUR, TOKYO... RIEN QUE DE MARCHER DANS LA RUE, C'EST STRESSANT !
"STRES-SANT" ?
OUI...
PAS POUR TOI ?
JE PEUX TE COM-PRENDRE...
MAIS J'ADORE CETTE BIBLIO-THÈQUE !
ELLE PROPOSE BEAUCOUP PLUS DE LIVRES QUE DANS MON ANCIENNE ÉCOLE !

AU FAIT, IL Y A D'AUTRES ENDROITS SYMPAS ?
PAR RAPPORT À TON ANCIENNE ÉCOLE...
IL Y A DES ENDROITS QUE TU PRÉFÈRES, ICI ?
...
EUH...
JE NE PEUX PAS TE DIRE, COMME ÇA...
JE NE CROIS PAS EN AVOIR TROUVÉ...
AH SI ! IL Y EN A, SUR LE CHEMIN DE L'ÉCOLE !
AH BON...
ET JUSTEMENT, EN CE MOMENT...
LE CERISIER...
C'EST DE LUI DONT TU PARLES ?

OUI...
ET UNE BIBLIOTHÈQUE PLEINE DE LIVRES INTÉ-RESSANTS...
MAINTENANT, J'AI TROUVÉ DEUX ENDROITS QUE J'AIME !
UN MAGNI-FIQUE CERISIER...

TU SAIS, IL Y EN A ENCORE UN...
...
OUI...
ALORS, ÇA TE PLAÎT ?
J'ADORE !

SUPER !
SI JE TROUVE D'AUTRES LIEUX...
JE TE PRÉVIEN-DRAI !
DES ENDROITS JOLIS...
OU AMU-SANTS...
MOI AUSSI !

BONJOUR TAKAKI !
JE VOUDRAIS TE MONTRER QUELQUE CHOSE AUJOURD'HUI, QUAND ON RENTRERA DES COURS !
TU AS VU ? ILS N'ONT PAS PEUR DU TOUT !
JE ME DEMANDE S'ILS ONT UN MAÎTRE...
REGARDE COMME IL EST MIGNON !
ON DIRAIT QU'IL A UNE PETITE MOUSTACHE !

TAKAKI, TU AS CHOISI TES ACTIVITÉS EXTRA-SCOLAIRES ?
NON... PAS ENCORE.
MOI, JE PENSE M'INSCRIRE À LA CHORALE.
TU AIMES CHANTER ?
OUI !
ET TOI, TAKAKI ? SI TU N'ES PAS DÉCIDÉ, POURQUOI PAS LA CHORALE ?
IMPOSSIBLE !
JE CHANTE COMME UNE CASSEROLE !
NE T'EN FAIS PAS ! ON NE DEVRA PAS PARTICIPER À DES CONCOURS DE CHANT.
N'Y PENSE PAS ! C'EST UN DÉSASTRE !
C'EST HORS DE QUESTION !
...
...
FFF...

* Takaki chante l'hymne de son école primaire.

びたんっ
POF
TU NE SAIS PAS FAIRE UN TOUR SUR TOI-MÊME ?
NON...
TAKAKI ! NE FORCE PAS TROP !

TU FAIS DE L'ASTHME ? ÇA NE DOIT PAS ÊTRE FACILE.
OH, ÇA VA, IL Y A PIRE...
ENCORE !
?
REGARDE !
À CHAQUE FOIS QUE J'EMPRUNTE UN LIVRE, TU L'AS DÉJÀ LU !
Cote : 933-LEWIS
N° : 10638
Auteur : C. S. Lewis
Titre : Le Prince Caspiau
Classe
Nom de l'emprunteur
Date de l'emprunt
À retourner le
Date de retour
3-3
Takaki Tōno
...
CE BOUQUIN...
IL ME PLAÎT BIEN !
MAIS IL Y A UN TRUC QUE JE N'AI PAS COMPRIS.
AH BON ?
ON POURRA EN DISCUTER ENSEMBLE, QUAND JE L'AURAI TERMINÉ ?
BIEN SÛR !

* Chanson populaire dont les paroles viennent d'un poème de Tachihara Michizô, poète prodige japonais mort en 1939, à l'âge de 24 ans seulement.

TAKAKI !
"LE JARDIN DANS LE CIEL", JE L'AI FINI HIER !
AH BON ! DÉJÀ ?!
J'AI ADORÉ, JE L'AI DÉVORÉ !
POURQUOI TU NE M'EN AS PAS PARLÉ CE MATIN ?
JE VOULAIS PRENDRE LE TEMPS DE T'EN PARLER EN RENTRANT !
VOUS AVEZ VU ÇA ?
ELLE S'Y PREND BIEN, LA NOUVELLE !
Titre : Le Sorcier de Terremer
Classe
Nom de l'emprunteur
Date de l'emprunt
À retourner le
4-3 Akari Shinohara 18 6 2 7
4-3 Takaki Tôno 25 6 9 7
Judith Worthy
Titre : Le jardin dans le ciel
Classe
Nom de l'emprunteur
Date de l'emprunt
À retourner le
4-3 Takaki Tôno 16/5
4-3 Akari Shinoha
Nom de l'empru
3-3 Takaki
4-3 Akari Shin

VSHH
VSHH
OH ! TAKAKI !
ÇA VA ?
EUH...
TOUT VA BIEN, MERCI !

VOUS VOUS ÊTES DÉJÀ ROULÉ DES PELLES ?
HEUREUX MARIAGE !
TARAKI
AKARI
LE COUPLE DE L'ANNÉE
AKARI TÔNO
CHÉRI

TAP
TAP
TAP
FSH
FSH
HEUREUX MARIAGE !
VOUS VOUS

キャーーッ
HIIII
HHH
HHH
HHH
HHH
HHH

HHH
HHH
HHH
HHH
HA...
TA...
HA...
TAKAKI !
JE...
N'AI PLUS DE SOUFFLE !
HHH
HHH

AH !
Hi Hi...
Hi Hi !
Hi Hi Hi...
Hi Hi !

HI HI...
PFF...
HI HI HI...
HI HI...
HI HI...
HI HI HI...
HI HI...
HA HA HA...
HA HA...
OH !
UNE TRAÎNÉE D'AVION...
TAKAKI...
OUI ?
TU SAIS QUOI ?

JE PEUX T'APPELER PAR TON PRÉNOM ?
D'AC-CORD...
パキッ
CRAC
TIENS !
MERCI !
RE-GARDE !
C'EST MOUS-TACHE ET MIMI !
LA CHA-LEUR LES A ASSOM-MÉS !

IL PARAÎT QUE LES CHATS SAVENT SE RÉFUGIER LÀ OÙ IL FAIT FRAIS...
C'EST VRAI ?
ILS SONT INTELLIGENTS...
AU FAIT ...
TAKAKI, TU VOUDRAIS FAIRE QUOI, QUAND TU SERAS GRAND ?
HEIN ?
POURQUOI CETTE QUESTION ?
MES PARENTS ME L'ONT DEMANDÉ HIER.
MOI, JE VOUDRAIS BIEN DEVENIR SOIGNEUSE DANS UN ZOO...
C'EST VRAI ? JE NE M'Y ATTENDAIS PAS...
COMME ON A TOUJOURS LOUÉ DES APPARTEMENTS OÙ LES ANIMAUX ÉTAIENT INTERDITS...
JE VOIS...
DE MON CÔTÉ... J'AI UNE IDÉE EN TÊTE, MAIS...
JE NE VEUX PAS QUE TU TE MOQUES !
JE NE FERAI JAMAIS ÇA !
COSMONAUTE...

C'EST UN SUPER MÉTIER !
EN UNE SOIRÉE, J'AI DÉJÀ PASSÉ EN REVUE QUATRE MILLIARDS D'ANNÉES !
C'EST DU LUXE, PAS VRAI ? QUATRE MILLIARDS D'ANNÉES EN UN SOIR...
TU T'ES ARRÊTÉE OÙ ?
À L'APPARITION DES ANOMALOCARIDES !
LE CAMBRIEN !
C'EST L'ÈRE DE HALLUCIGENIA, C'EST ÇA ?
OUI, JE L'AIME BIEN !
HÉ HÉ !
IL RESSEMBLE À ÇA...
AH OUI ! TU L'AS BIEN RÉUSSI !

ET TOI, TAKAKI, LEQUEL TU PRÉFÈRES ?
OPABINIA, JE DIRAIS...
CELUI QUI A CINQ YEUX ?
COMMENT JE DEVRAIS FAIRE POUR LES YEUX, À TON AVIS ?
COMMENCE DÉJÀ PAR DÉCOUPER LES JAMBES...
BONJOUR TAKAKI...
ET BONNE ANNÉE !
TIENS, C'EST POUR TOI !
CE SONT TES CARTES DE VŒUX !
Akari
Bonne année
Tous mes vœux de bonheur !
HA HA !

TAKAKI...
DOMMAGE QU'ON NE SOIT PLUS DANS LA MÊME CLASSE.
C'EST VRAI.
TA CLASSE EST JUSTE À CÔTÉ...
MAIS ÇA M'A RENDUE SI TRISTE QUE J'AI FAILLI PLEURER EN VOYANT L'ANNONCE !
C'EST BIZARRE, HEIN...
...
J'IRAI À LA CHO-RALE !
QUOI ?!

CETTE ANNÉE...
JE VAIS M'INSCRIRE À LA CHORALE !
...
EN FAIT, JE PENSAIS CHANGER D'ACTIVITÉ, CETTE ANNÉE...
JE PENSE ALLER AU CLUB SCIENCES !
IL A OUVERT CETTE ANNÉE.
IL PARAÎT QU'ON FAIT DES EXPÉRIENCES...
ÇA A L'AIR SYMPA, TU NE CROIS PAS ?
C'EST VRAI !

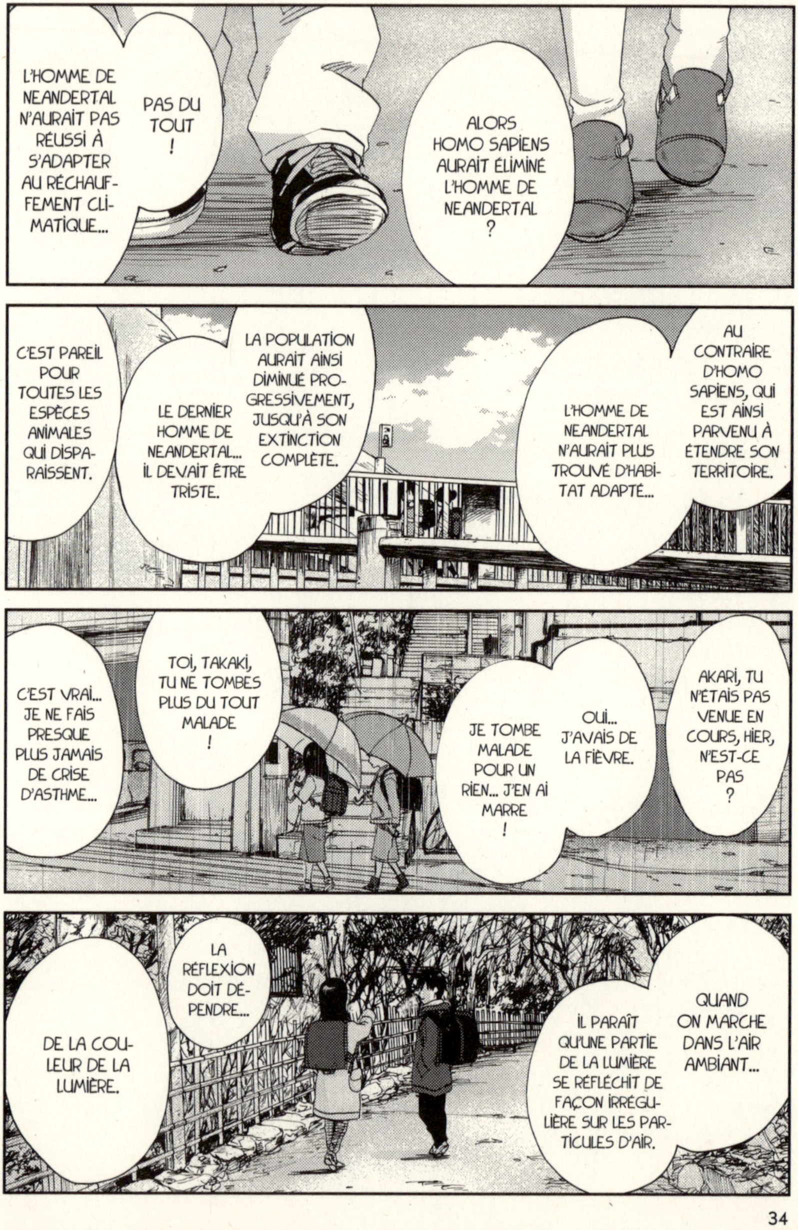
ALORS HOMO SAPIENS AURAIT ÉLIMINÉ L'HOMME DE NEANDERTAL ?
PAS DU TOUT !
L'HOMME DE NEANDERTAL N'AURAIT PAS RÉUSSI À S'ADAPTER AU RÉCHAUFFEMENT CLIMATIQUE...
AU CONTRAIRE D'HOMO SAPIENS, QUI EST AINSI PARVENU À ÉTENDRE SON TERRITOIRE.
L'HOMME DE NEANDERTAL N'AURAIT PLUS TROUVÉ D'HABITAT ADAPTÉ...
LA POPULATION AURAIT AINSI DIMINUÉ PROGRESSIVEMENT, JUSQU'À SON EXTINCTION COMPLÈTE.
LE DERNIER HOMME DE NEANDERTAL... IL DEVAIT ÊTRE TRISTE.
C'EST PAREIL POUR TOUTES LES ESPÈCES ANIMALES QUI DISPARAISSENT.
AKARI, TU N'ÉTAIS PAS VENUE EN COURS, HIER, N'EST-CE PAS ?
OUI... J'AVAIS DE LA FIÈVRE.
JE TOMBE MALADE POUR UN RIEN... J'EN AI MARRE !
TOI, TAKAKI, TU NE TOMBES PLUS DU TOUT MALADE !
C'EST VRAI... JE NE FAIS PRESQUE PLUS JAMAIS DE CRISE D'ASTHME...
QUAND ON MARCHE DANS L'AIR AMBIANT...
IL PARAÎT QU'UNE PARTIE DE LA LUMIÈRE SE RÉFLÉCHIT DE FAÇON IRRÉGULIÈRE SUR LES PARTICULES D'AIR.
LA RÉFLEXION DOIT DÉPENDRE...
DE LA COULEUR DE LA LUMIÈRE.

* La rentrée scolaire japonaise a lieu en avril.

IL PARAÎT QU'ILS TOMBENT À 5 CM PAR SECONDE...
DE QUOI ?
LES PÉTALES DE FLEURS DE CERISIERS...
ILS TOMBENT À 5 CM PAR SECONDE...

AH OUI ?
TU NE SAVAIS PAS ?
NON.
J'AI TROUVÉ ÇA DANS UN ATLAS.
J'AI APPRIS PLEIN D'AUTRES CHIFFRES !
AT-TENDS...
LA PLUIE TOMBE À 5 M PAR SECONDE !
ET LES NUAGES À 1 CM PAR SECONDE...
LES NUAGES ?
C'EST LA VITESSE À LAQUELLE ILS TRAVERSENT LE CIEL ?
NON ! LEUR VITESSE DE CHUTE !
ILS CHUTENT ? LES NUAGES ?
EH OUI ! MÊME SI LES NUAGES ONT L'AIR DE FLOT-TER DANS LES AIRS, IL PARAÎT QU'ILS TOMBENT...
CE SONT DE PETITES GOUTTE-LETTES DE PLUIE...
ELLES TOMBENT DOUCEMENT ET DEVIENNENT DE PLUS EN PLUS GRANDES...
AVANT DE RETOMBER SUR TERRE, ELLES SE TRANSFORMENT EN PLUIE OU NEIGE...

D'AC-
CORD...
D'AC-
CORD
...
EH
!
NE
M'IMITE
PAS
!
HI HI
HI...
AH
!
EH
!
ATTENDS-
MOI
!
CLANG
CLANG
CLANG

CLANG
AKARI !
CLANG
CLANG
CLANG
TAKAKI !
TACATA

L'ANNÉE PROCHAINE AUSSI...
CE SERAIT BIEN DE POUVOIR REGARDER LES CERISIERS ENSEMBLE !
DRII-ING
DRII-ING
DRII-ING
DRII-ING

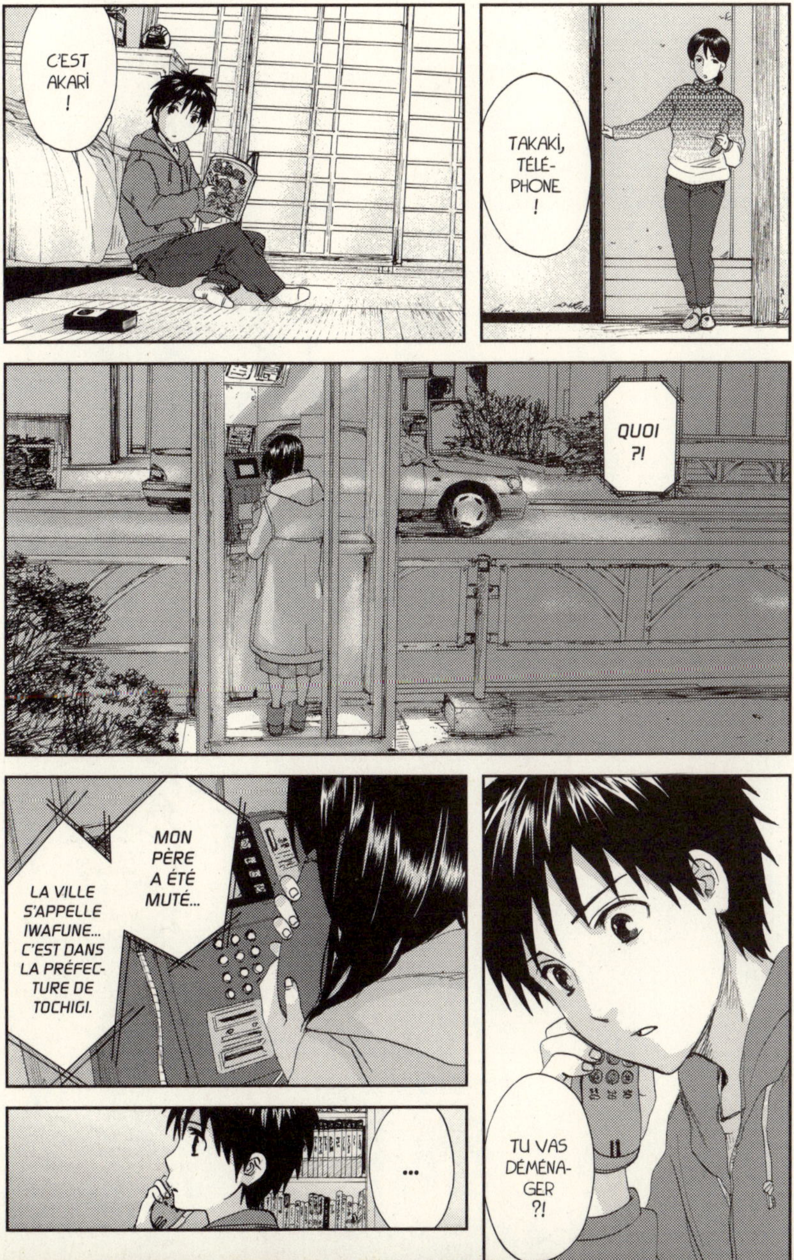
TAKAKI, TÉLÉ-PHONE !
C'EST AKARI !
QUOI ?!
MON PÈRE A ÉTÉ MUTÉ...
LA VILLE S'APPELLE IWAFUNE... C'EST DANS LA PRÉFEC-TURE DE TOCHIGI.
TU VAS DÉMÉNA-GER ?!
...

TAKAKI ?!
TAP
OUI ?!
TAKA-KI...
JE...
ET LE COLLÈGE...
PAR-DON ?
LE COL-LÈGE NISHI...

QU'EST-CE QUE TU VAS FAIRE ?
TU AS BOSSÉ SI DUR POUR Y ENTRER !
...
ILS VONT M'INSCRIRE DANS UN COL-LÈGE PUBLIC, LÀ-BAS...
AH...
GH...

* Un quartier de Tokyo.

TROP JEUNE !
HIC...
C'EST BON...
J'AI COM-PRIS !
ÇA VA...
PAS LA PEINE D'EN DIRE PLUS...

PAR-
DON...
JE SUIS
DÉSO-
LÉE...
HIC...
HIC...
!
BIIIP
NON
!
UNE SE-
CONDE
!
10
100
PAS
MAIN-
TENANT
!

BIP
BIIIIP
TAC
TU-
UUT
TU-
UUT
TU-
UUT
TU-
UUT
TU-
UUT
TU-
UUT
TU-
UUT

CLANG
CLANG
CLANG
TACATA
TACATA

SALUT...
ゴトン
TACATA
SALUT...
ゴトン
TACATA
ゴトン
TACATA
ゴトン
TACATA
ゴトン
TACATA
ゴトン
TACATA
ゴトン
TACATA
ゴトン
TACATA
ゴトン
TACATA
TACATA
ゴトン

MERCI DE PATIENTER
DASH
AH...
踏切注意
非常ボタン
非常ボタン

1
TAKAKI...

LE MOMENT EST VENU DE SE DIRE AU REVOIR...
DING
DONG
LES CADETS ! ON ENCHAÎNE AVEC CINQ SPRINTS !
OK !
TRIIIT
TRIIIT

CEUX QUI ONT FINI PEUVENT PARTIR !
D'ACCORD !
AH LÀ LÀ...
POURTANT, LE CLUB DE FOOT DE NISHI NE DEVRAIT PAS AVOIR UN HAUT NIVEAU...
C'EST DUR...
IL EN A DE LA CHANCE, YOSHINO ! IL S'ENTRAÎNE AVEC LES 5E !
NORMAL, IL A ÉTÉ ADMIS DANS CE COLLÈGE POUR SON NIVEAU EN FOOT !
TOI AUSSI, TAKAKI, TU AVAIS FAIT DU FOOT EN PRIMAIRE, NON ?
MOI ? PAS DU TOUT !
AH BON ?
POURTANT, TU AS UNE TÊTE À EN AVOIR FAIT...
EH NON ! JE SUIS ENTRÉ DANS CE CLUB POUR AMÉLIORER MA CONDITION PHYSIQUE.
QUELLE DRÔLE DE RAISON !
T'AS REGARDÉ LA TÉLÉ, HIER ?
NON...
JE RÉVISAIS POUR LES CONTRÔLES...
TU ES TROP SÉRIEUX !
ARRÊTE DE NOUS RAMENER À LA RÉALITÉ...

CLAC
CHER TAKAKI ...
Takaki T
ésolée de ne t'écrire que maintena
ici aussi, la chaleur de l'été est
écrasante, même si elle reste plus
supportable qu'à la capitale.
Mais quand j'y repense, j'adorais la
touffeur accablante de l'été tokyoïte :
bitume brûlant, prêt à fondre au solei
silhouette des tours, déformée par
aud ; la climatisation trop froide
dans les centres commerciaux et
Comme notre dernière rencont
cérémonie de fin d'année de

COMME NOTRE DERNIÈRE RENCONTRE REMONTE À LA CÉRÉMONIE DE FIN D'ANNÉE DE L'ÉCOLE PRIMAIRE...
CELA FAIT DÉJÀ SIX MOIS.
DIS, TAKAKI...
EST-CE QUE TU TE SOUVIENS DE MOI ?
CHÈRE AKARI ...

MERCI POUR TA LETTRE...
NONO
ET DÉSOLÉ DE RÉPONDRE SI TARD...
ENTRE-TEMPS...
JE N'AI CESSÉ DE LIRE ET DE RELIRE TA LETTRE...
FUH
Chère Akari,
Il est 21 heures et je suis dans ma chambre...

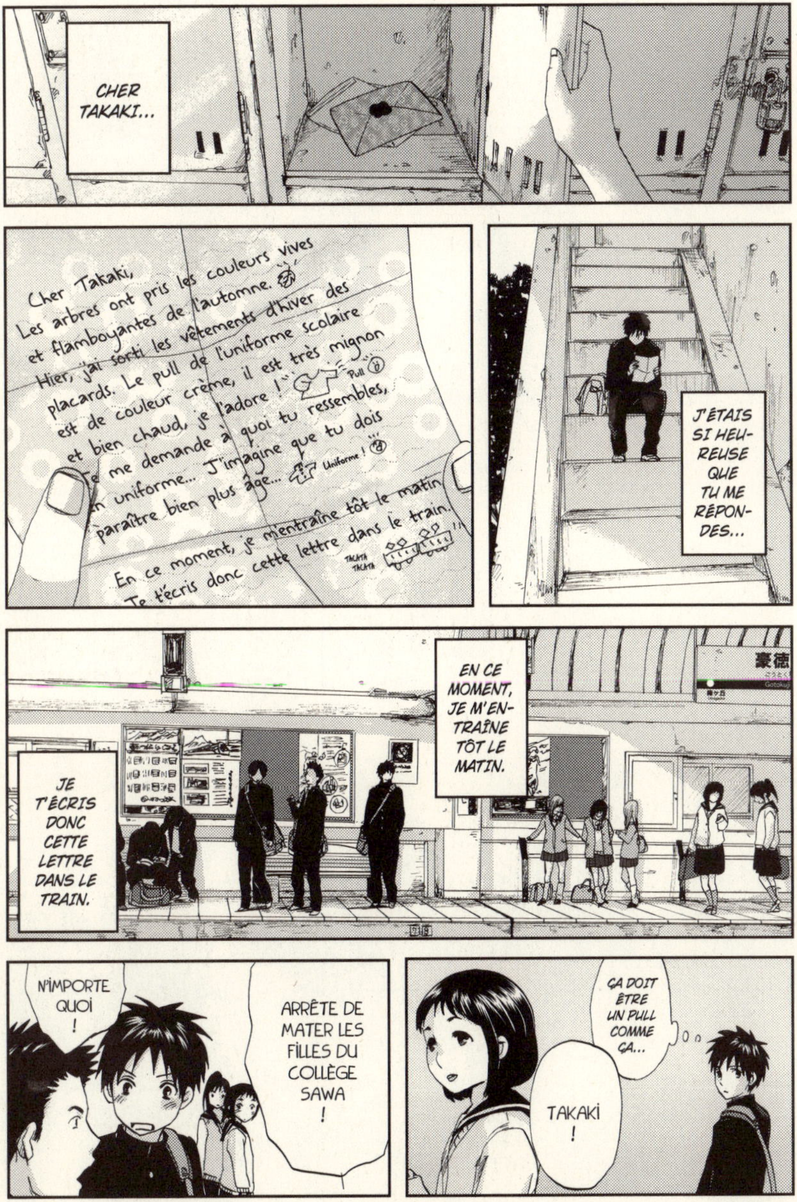
CHER TAKAKI...
Cher Takaki,
Les arbres ont pris les couleurs vives
et flamboyantes de l'automne.
Hier, j'ai sorti les vêtements d'hiver des
placards. Le pull de l'uniforme scolaire
est de couleur crème, il est très mignon
et bien chaud, je l'adore ! Pull
Je me demande à quoi tu ressembles,
en uniforme... J'imagine que tu dois
paraître bien plus âgé... Uniforme !
En ce moment, je m'entraîne tôt le matin.
Je t'écris donc cette lettre dans le train.
TACATA TACATA
J'ÉTAIS SI HEUREUSE QUE TU ME RÉPONDES...
EN CE MOMENT, JE M'ENTRAÎNE TÔT LE MATIN.
JE T'ÉCRIS DONC CETTE LETTRE DANS LE TRAIN.
豪徳
Gotoku
N'IMPORTE QUOI !
ARRÊTE DE MATER LES FILLES DU COLLÈGE SAWA !
ÇA DOIT ÊTRE UN PULL COMME ÇA...
TAKAKI !

JE ME SUIS FAIT COUPER LES CHEVEUX.
ILS SONT SI COURTS QU'ON VOIT MES OREILLES ...
PEUT-ÊTRE QUE TU NE ME RECONNAÎTRAIS PAS, SI TU TOMBAIS SUR MOI PAR HASARD...
J'IMAGINE QUE TOI AUSSI...
TU AS DÛ BIEN CHANGER DE TON CÔTÉ.
PETIT À PETIT...
Chère Akari,
Merci pour ta lettre
ON VA CHANGER, TOI ET MOI...

MOUSTACHE...
MIMI...
ÇA FAISAIT UN BAIL !
DEPUIS QUAND VOUS PORTEZ UN COLLIER AU COU ?
AKARI M'A PARLÉ DE VOUS DANS SA LETTRE...
ELLE SE DEMANDAIT SI VOUS ALLIEZ BIEN...
ELLE SE DIT QUE VOUS L'AVEZ PEUT-ÊTRE OUBLIÉE...

*Ville située à l'extrême sud du Japon.

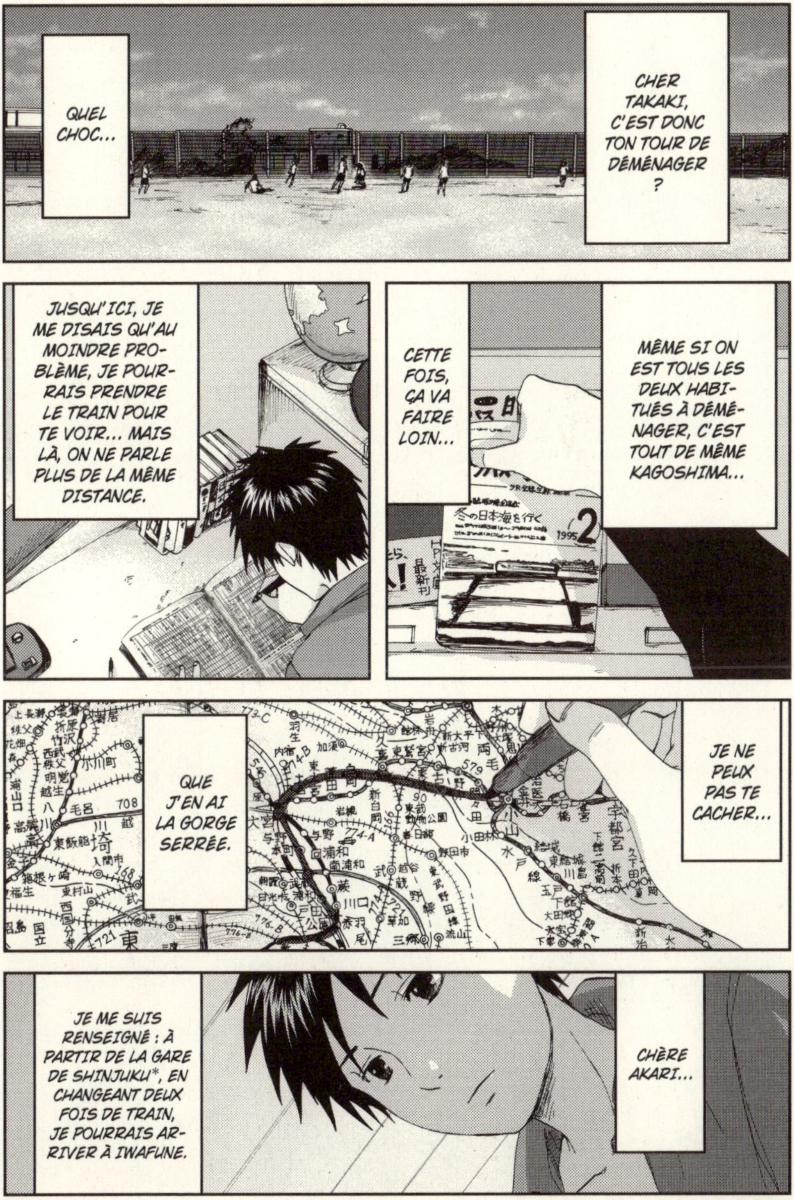

* Importante gare de Tokyo.

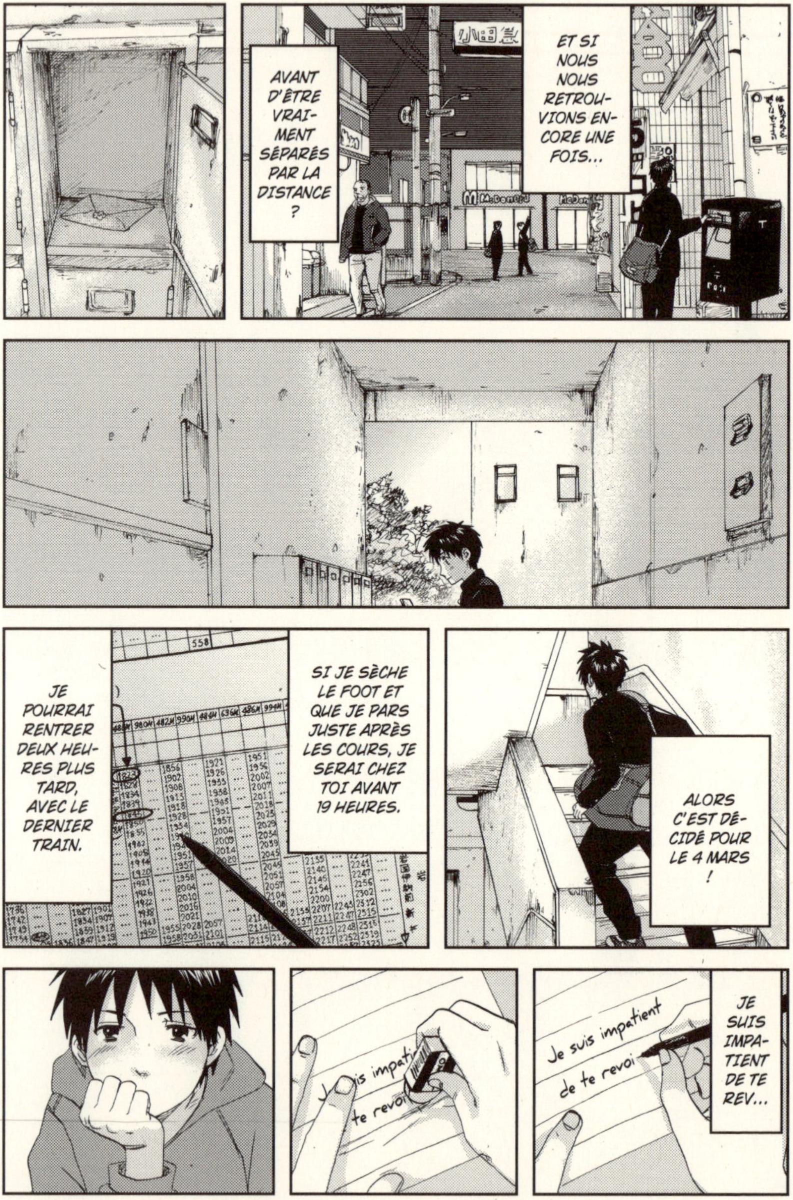
ET SI NOUS NOUS RETROUVIONS ENCORE UNE FOIS…
AVANT D'ÊTRE VRAIMENT SÉPARÉS PAR LA DISTANCE ?
ALORS C'EST DÉCIDÉ POUR LE 4 MARS !
SI JE SÈCHE LE FOOT ET QUE JE PARS JUSTE APRÈS LES COURS, JE SERAI CHEZ TOI AVANT 19 HEURES.
JE POURRAI RENTRER DEUX HEURES PLUS TARD, AVEC LE DERNIER TRAIN.
JE SUIS IMPATIENT DE TE REV…
Je suis impatient
de te revoi
is impati
te revoi

TACATA
TACATA
FFF
PENDANT DEUX SEMAINES, JE PRÉPARAI UNE LETTRE DANS L'INTENTION DE LA REMETTRE À AKARI, EN PERSONNE...
みかん
0124
ナート引越センター

CETTE LETTRE ÉTAIT SANS DOUTE...
MA PREMIÈRE LETTRE D'AMOUR.
Compas

FLAP
3 4 FRI
TIME
0:00

Chapitre 2
Impatience

Bip
Bip
Bip
Bip
Bip
Bip
Bip
Bip
6:00
3 4 FRI

TAKAKI ! ON VA À L'ENTRAÎNEMENT ?
EUH...
EN FAIT, JE SÈCHE, AUJOURD'HUI !
AH OUI ! TU DOIS PRÉPARER TON DÉMÉNAGEMENT.
VOUS AVEZ VU LE TEMPS QU'IL FAIT AUJOURD'HUI ?
ON A L'IMPRESSION QU'IL FAIT DE PLUS EN PLUS FROID !
REGARDEZ DEHORS !
OH LÀ LÀ ! IL NEIGE !
QUOI ?!
MAIS ON EST EN MARS !
C'EST DE LA PLUIE !
MAIS NON ! DE LA NEIGE !
VOUS CROYEZ QU'IL Y AURA ENTRAÎNEMENT, AUJOURD'HUI ?
CLANG
Itinéraire du 4 mars
Gotokuji Départ 15 h 54
(Ligne Odakyû)
Shinjuku Départ 16 h 26
Omiya Départ 17 h 04
Iwafune Arrivée 18 h
Odakyû line 150 yens
JR + 620 yens
1 770 yens
x 2
3 540 yens
Attention : RDV fixé à 19h.

CHER TAKAKI, ...
JE SUIS SI HEUREUSE QUE TU TE RENDES JUSQU'À MA GARE...
LE VOYAGE SERA LONG. SOIS BIEN PRUDENT.
COMME PROMIS, JE SERAI À 19 HEURES...
DANS LA SALLE D'ATTENTE DE LA GARE.
J'AI TELLEMENT HÂTE...
JE DOIS QUITTER GOTOKUJI À 15 H 54...
CHANGER À SHINJUKU POUR LA LIGNE SAIKYÔ... DÉPART À 16 H 26...
DE TE REVOIR...

TRILILILILI
PSSHHHH
ひらくドアにご注意！
TACATA
TACATA
TACATA
ひらくドアに
ご注意！
TACATA
ひらくドアに
ご注意！
TAKAKI ! TU AS VU CETTE NEIGE ?!
ET COM-MENT !
TOUT SERA COUVERT DE BLANC DEMAIN !

J'AURAIS BIEN AIMÉ OBSERVER LES FLOCONS DE NEIGE...
C'EST COMPLI-QUÉ ?
IL FAUT QU'IL FASSE FROID.
C'EST LA PREMIÈRE FOIS QUE JE VOIS DE LA NEIGE ICI !
MOI AUSSI... IL ME SEMBLE...
EN FAIT, JE N'AI PAS SOUVENT VU DE NEIGE, DANS MA VIE !
POUR-TANT, À NAGANO, IL DOIT EN TOMBER !
ÇA DÉPEND DES RÉGIONS... ET CE N'ÉTAIT PAS LE CAS DANS MON COIN.
MOI, J'AI UN TRÈS BEAU SOUVENIR DE LA NEIGE, QUAND JE SUIS ALLÉE EN VOYAGE DANS LE TÔHOKU !
J'AI PRIS UN BAIN DANS UNE SOURCE CHAUDE EXTÉ-RIEURE, SOUS LES FLOCONS, ENTOURÉE PAR UN PAYSAGE ENNEIGÉ...
J'ÉTAIS AUX ANGES ! TOUT EN PRENANT MON BAIN, J'AI OUVERT LA BOUCHE POUR MANGER DE LA NEIGE.
LA NEIGE DE TOKYO, ELLE, NE DOIT PAS AVOIR TRÈS BON GOÛT.
POURTANT, TU VIENS D'EN MANGER À L'INSTANT !

N'IM-PORTE QUOI !
C'EST FAUX !
TU L'AS JUSTE VU ! JE NE L'AI PAS MANGÉ !
J'AI VU UN FLOCON ENTRER DANS TA BOUCHE !
BERK ! DE LA NEIGE TOUTE SALE !
EH ! ARRÊTE DE TE MOQUER DE MOI !
HA HA HA HA
ひらくドアに
ご注意!
Please take care when the doors open.
ÇA FAIT DÉJÀ UN AN QUE JE N'AI PAS EN-TENDU LA VOIX D'AKARI...
AUJOURD'HUI, JE VAIS EN-FIN POUVOIR !
13

?
?
120円~1,620円
6
120円~1,620円
ご案内
7
8
VSHH

百貨店
DIRECTION ŌMIYA. DÉPART À 16 H 26…
TOUT VA BIEN !
53 大宮
ALORS, ÇA S'EST PASSÉ COMMENT, L'AUTRE FOIS ?
LE GARS AVEC LE GROS PIF !
AH, CE TYPE ? PAS POSSIBLE !
AH BON ? VOUS AVIEZ L'AIR PLUTÔT COMPLICES, POURTANT !
COMME IL FAIT DU TENNIS... IL PENSAIT ME PRÉSENTER SES AMIS.
C'EST VRAI ? TU ME LES PRÉSENTERAS AUSSI ?!
DANS QUELQUES MINUTES, LE TRAIN ARRIVERA EN GARE DE MUSASHI-URAWA...
FRR

IL MARQUERA UN ARRÊT DE QUATRE MINUTES ...
AFIN D'ATTENDRE L'EXPRESS.
むさしうらわ
武蔵浦和
LES PASSAGERS QUI SOUHAITENT SE RENDRE EN GARE DE YONO HONMACHI ET ÔMIYA...
SONT PRIÉS DE CHANGER DE QUAI...
CHER TAKAKI...
J'ESPÈRE QUE TU VAS BIEN. ICI, IL FAIT TOUJOURS AUSSI FROID.
IL A DÉJÀ NEIGÉ PLUSIEURS FOIS...
ET ALORS, JE ME RENDS À L'ÉCOLE, BIEN EMMITOUFLÉE.

ÔMIYA !
TERMINUS : ÔMIYA !
EXCUSEZ-MOI...
BOUM

VOTRE ATTENTION, S'IL VOUS PLAÎT !
EN RAISON DE LA NEIGE, LE TRAIN À DESTINATION... D'OYAMA ET D'UTSUNOMIYA...
ARRIVERA AVEC HUIT MINUTES DE RETARD.
宇都宮線
久喜・小山・宇都宮・黒磯方面
Local - 15 wagons - 3 portes 17 h 15 Utsunomiya
En raison des intempéries, le trafic est perturbé dans
NOUS VOUS PRIONS DE NOUS EXCUSER POUR LA GÊNE OCCASIONNÉE.

(Ligne Odakyū)
Départ 16 h 26
(Ligne Saikyō)
o Ōmiya Départ 17 h 04
(Ligne Utsunomiya)
o Oyama Départ 18 h 23
(Ligne Ryōmō)
18 h 45
Odakyū line 150 yens
JR 1 620 yens
G-SHOCK
17:10
TCHOUUUUU

EN RAISON DE LA NEIGE, CE TRAIN CIRCULE AVEC UN RETARD D'ENVIRON DIX MINUTES...
NOUS VOUS PRIONS DE NOUS EXCUSER POUR LA GÊNE OCCASIONNÉE.
CHER TAKAKI ...
J'AI HÂTE DE TE RETROUVER LE 4 MARS.

ÇA FAIT DÉJÀ UN AN DEPUIS LA DERNIÈRE FOIS QU'ON S'EST VUS...
ET J'AI UN PEU LE TRAC.
Shinjuku Départ 16 h 26
(Ligne Saikyô)
Ômiya Départ 17 h 04
(Ligne Utsunomiya)
Oyama Départ 18 h 23
(Ligne Ryômô)
Iwafune Arrivée 18 h 45
Odakyû line 150 yens
JR 1 620 yens
1 770 yens
x 2
3 540 yens
Attention : RDV fixé à 19h
PROCHAIN ARRÊT : KUKI.
NOUS VOUS PRIONS DE NOUS EXCUSER POUR LA GÊNE OCCASIONNÉE.
PSHHHH
LES PASSAGERS QUI EFFECTUENT UN CHANGEMENT VERS LA LIGNE TÔBU ISESAKI SONT PRIÉS D'EMPRUNTER LA SORTIE Nº 5.

EN RAISON DE RETARDS SUR L'ENSEMBLE DE LA LIGNE...
CE TRAIN RESTERA À L'ARRÊT PENDANT DIX MINUTES.
VEUILLEZ NOUS EXCUSER POUR LA GÊNE OCCASIONNÉE...
KUKI
24
NOUS VOUS REMERCIONS DE PATIENTER ENCORE QUELQUES INSTANTS...

PSHHHH
CLIC
OH, PAR-DON !

IL Y A PRÈS DE CHEZ MOI...
UN GRAND CERISIER...
ET QUAND VIENDRA LE PRINTEMPS...
LES PÉTALES TOMBERONT SÛREMENT À UNE VITESSE DE 5 CM PAR SECONDE.
CLANG
CLANG
CLANG
CE SERAIT SI BIEN SI LE PRINTEMPS POUVAIT VENIR...

EN MÊME TEMPS QUE TOI...
GARE DE NOGI !
NOGI !
のぎ
NOGI
MESDAMES ET MES-SIEURS, EN RAISON DE LA NEIGE...
LE TRAFIC EST PERTURBÉ SUR L'ENSEMBLE DE LA LIGNE. CE TRAIN RES-TERA À L'ARRÊT PENDANT QUELQUES INSTANTS.
PSHHHH

EN RAISON DE RETARDS SUR L'ENSEMBLE DE LA LIGNE, CE TRAIN VA DEVOIR RESTER À L'ARRÊT...
NOUS VOUS PRIONS DE NOUS EXCUSER POUR LA GÊNE OCCASIONNÉE.
17 LIGNE UTSUNOMIYA (LIGNE TÔHOKU)
TOMITA
IWAFUNE
ÔHIRASHITA
TOCHIGI
OMOIGAWA
HIGASHI-ÔMIYA
HASUDA
SHIRAOKA
SHIN-SHIRAOKA
KUKI
HIGASHI-WASHINOMIYA
KURIHASHI
KOGA
NOGI
MAMADA
OYAMA
FACULTÉ DE MÉDECINE DE JICHI
SHIN
19:00
18:59
POF

TAKA-
KI...
Pour Akari
EXCUSE-
MOI...
AKARI...
TU DOIS
M'ÉCOUTER...

J'AI QUELQUE CHOSE D'IMPORTANT...
À TE DIRE.
VEUILLEZ NOUS EXCUSER POUR L'ATTENTE.
LE TRAIN EN DIRECTION D'UTSUNOMIYA VA BIENTÔT DÉMARRER.

Omiya Départ 17 h
(Ligne Utsunomiya)
Oyama Départ 18 h 23
(Ligne Ryômô)
Iwafune Arrivée 18 h 45
Attention : RDV fixé à 18h
GARE D'OYAMA !
OYAMA !
FRSH
MESDAMES, MESSIEURS...
EN RAISON DE LA NEIGE, LE TRAFIC EST FORTEMENT PERTURBÉ...

6 Ligne Ryômô Direction : Tochigi, Sano, Kiryu 8
Local 20 h 15 Takasaki 6
En raison des intempéries, le trafic est perturbé dans les deux sens
のりば
SUR L'EN-SEMBLE DE LA LIGNE.
NOUS VOUS PRIONS DE NOUS EXCUSER POUR LA GÊNE OCCA-SIONNÉE...
MERCI DE PATIENTER JUSQU'À L'ARRIVÉE DU TRAIN...

COMME PROMIS...
JE SERAI DANS LA SALLE D'ATTENTE DE LA GARE À 19 HEURES.
VSHHHH
6 のりば 8
SOBA
SOBA
GLOUPS

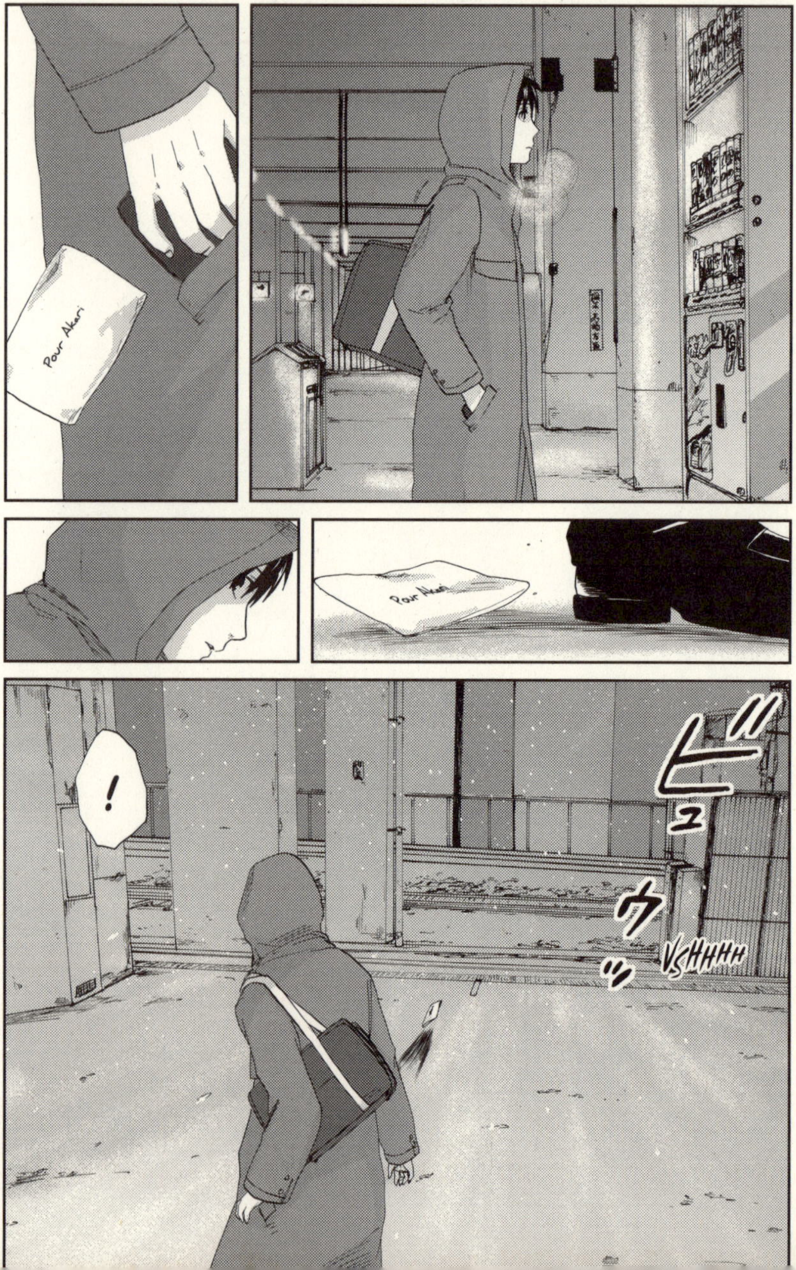

Pour Akari
Pour Akari
!
ビュウゥ
VSHHHH

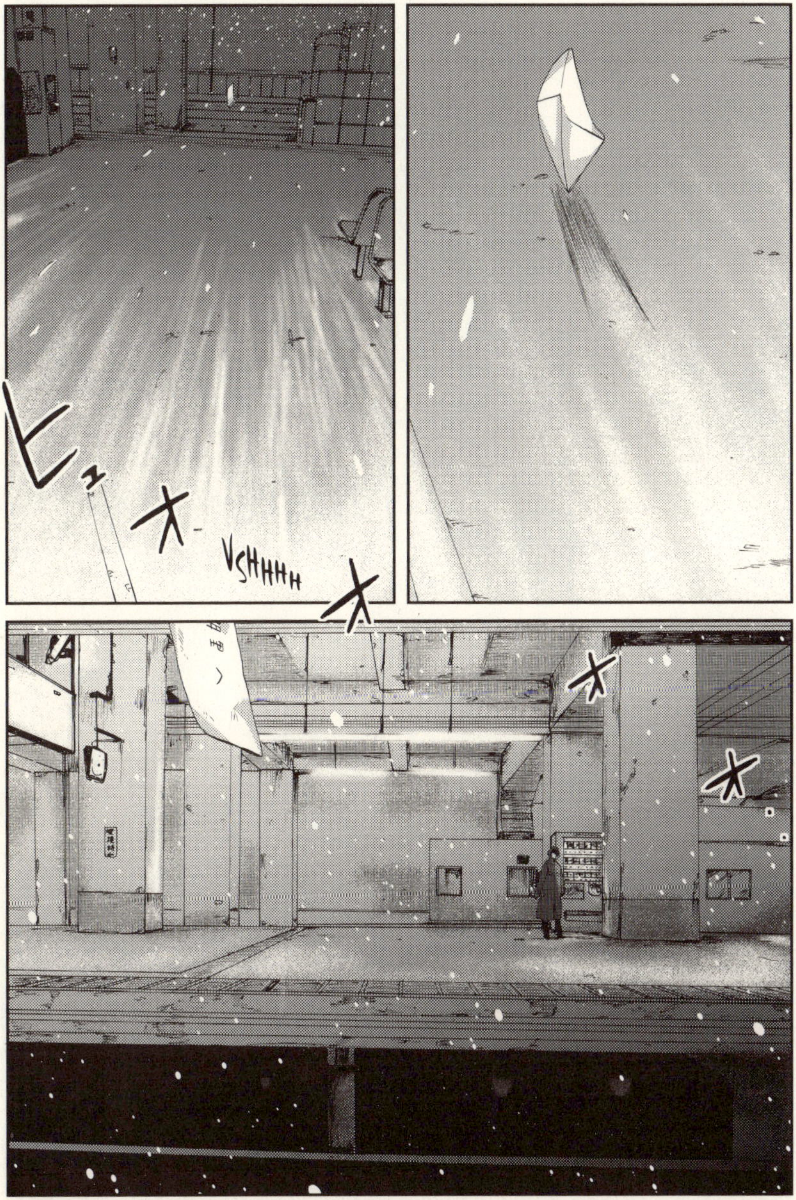
VSHHHH

CHÈRE AKARI …
COMME TU AS DÉJÀ DÛ T'EN RENDRE COMPTE, L'EXPRESSION ORALE N'EST PAS MON FORT…
AUSSI, J'ESPÈRE RÉUSSIR À TE TRANSMETTRE MES SENTIMENTS…
AVEC CETTE LETTRE…
Distributeur automatique
Distributeur automatique

Distributeur automatique Eau minérale
GH...
LE TRAIN À DESTINATION VA ENTRER EN GARE AU QUAI N° 3.
喫煙所
Smoking Area

TACATA
TACATA
TACATA
ギィ
イ
KIIIIII
イ

KIIIII
MES-DAMES, MES-SIEURS...
EN RAISON DE FORTES CHUTES DE NEIGE, LE TRAFIC EST PERTURBÉ SUR L'ENSEMBLE DE LA LIGNE. CE TRAIN VA MOMENTANÉ-MENT RESTER EN GARE.
NOUS IGNORONS QUAND LE SERVICE POURRA REPRENDRE.

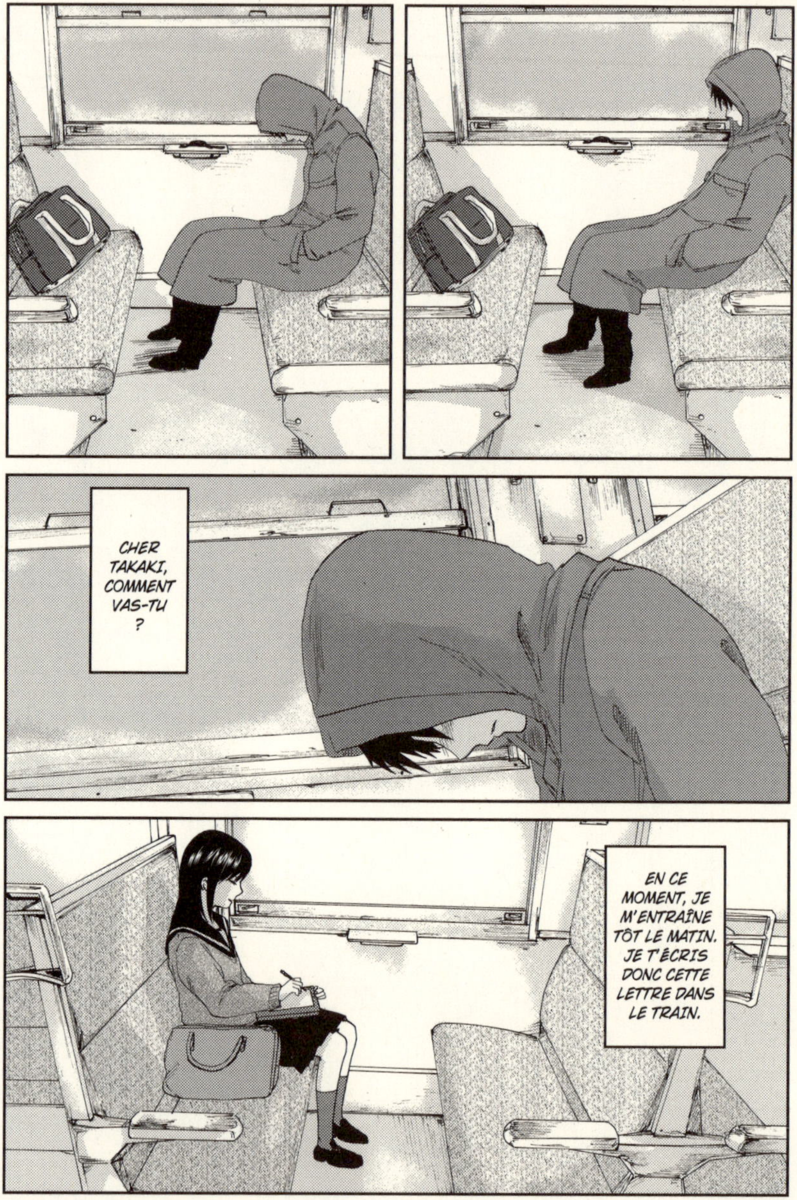
CHER TAKAKI, COMMENT VAS-TU ?
EN CE MOMENT, JE M'ENTRAÎNE TÔT LE MATIN. JE T'ÉCRIS DONC CETTE LETTRE DANS LE TRAIN.

JE NE SAIS PAS POURQUOI, MAIS QUAND JE M'IMAGINE AKARI, À TRAVERS SES LETTRES...
JE LA VOIS TOUJOURS SOLITAIRE.
ET C'ÉTAIT, D'UNE CERTAINE FAÇON...
LA MÊME CHOSE POUR MOI.
EN VÉRITÉ, J'ÉTAIS SEUL.

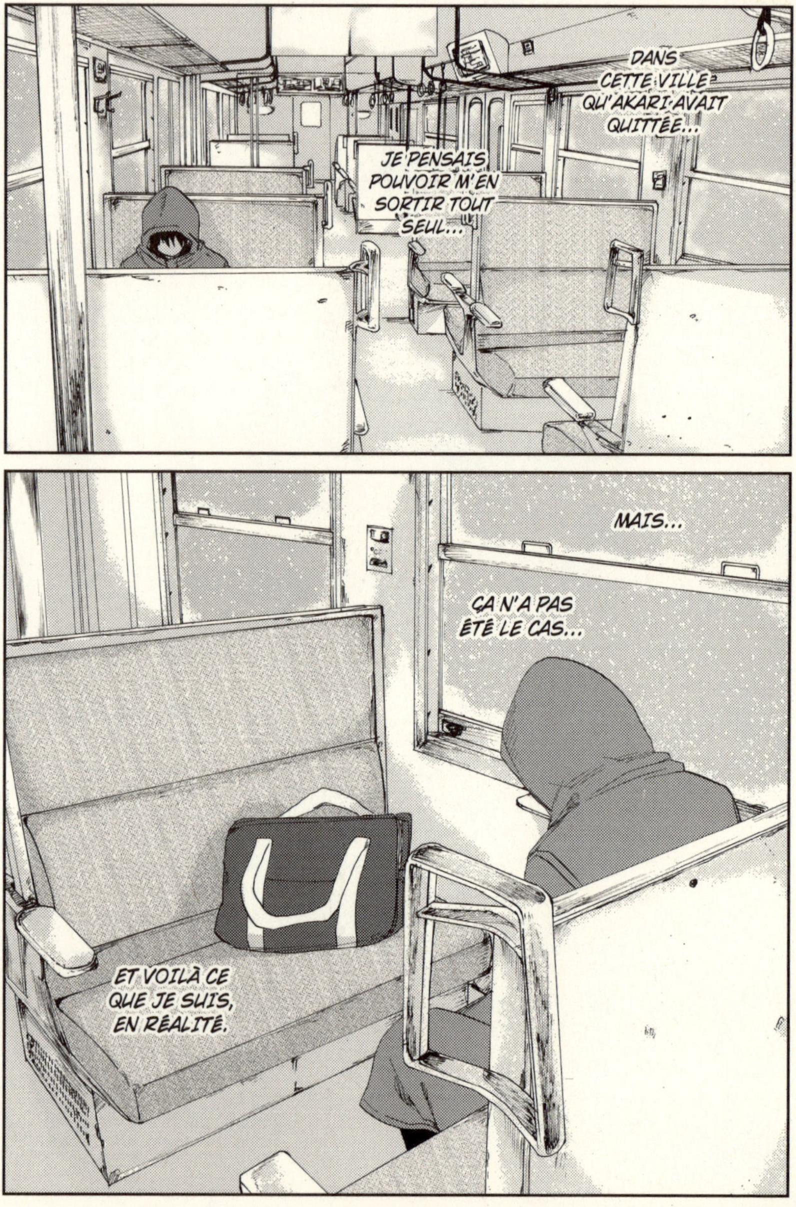
DANS CETTE VILLE QU'AKARI AVAIT QUITTÉE...
JE PENSAIS POUVOIR M'EN SORTIR TOUT SEUL...
MAIS...
ÇA N'A PAS ÉTÉ LE CAS...
ET VOILÀ CE QUE JE SUIS, EN RÉALITÉ.

AKARI...

LE TRAIN EN DIRECTION DE TAKASAKI, QUI S'ARRÊTERA À ASHIKAGA ET À MAEBASHI…
VA BIENTÔT ENTRER EN GARE.
EN RAISON DE FORTES CHUTES DE NEIGE …
CE TRAIN VA MOMENTANÉMENT RESTER EN GARE.
FRSH

いわふね
岩舟
IWAFUNE
ガラ
ガラ

Découvrez Ashikaga

AKARİ...

Découvrez
Ashikaga

Hic
Hic
Hic

Découvrez
Ashikaga

Chapitre 3
De lointains souvenirs

* Thé japonais très commun.

COMME C'EST MOI QUI L'AI CUISINÉ, JE NE PEUX PAS TE GARANTIR QUE CE SERA BON !
MAIS SI ÇA TE TENTE...
...
MERCI...
EN FAIT...
JE MOURRAIS DE FAIM !

CHOMP
ALORS ?
C'EST MEILLEUR QUE TOUT CE QUE J'AI PU MANGER JUSQU'ICI !
AH BON ?!
TU EXAGÈRES !
JE T'ASSURE !
C'EST PARCE QUE TU AS FAIM !
TU CROIS ?
MAIS OUI !

MOI AUSSI, J'EN PRENDS UN !
HI HI...
HI HI...
QUAND EST-CE QUE TU AS PRÉPARÉ TOUT ÇA ?
APRÈS LES COURS, JE SUIS RENTRÉE À LA MAISON CUISINER...
MAIS DU COUP, JE N'AI PAS TOUT FAIT ! MAMAN M'A DONNÉ UN COUP DE MAIN...
L'OMELETTE, C'EST TA MAMAN ?
NON, ÇA C'EST MOI...
ELLE EST DÉLICIEUSE !

QU'EST-CE QUE TU AS DIT À TES PARENTS QUAND TU ES SORTIE ?
JE LEUR AI LAISSÉ UNE LETTRE POUR LEUR DIRE QUE JE RENTRERAI À LA MAISON CE SOIR ET DE NE PAS S'INQUIÉTER, MÊME S'IL EST TRÈS TARD...
COMME MOI !
JE LEUR AI DIT QU'IL Y AVAIT MA FÊTE DE DÉPART ORGANISÉE PAR MON CLUB DE FOOT, QUE JE RENTRERAI TARD ET DE NE PAS S'INQUIÉTER. MAIS ILS SERONT SÛREMENT FÂCHÉS !
TU CROIS ?
TA MÈRE AUSSI, AKARI, DOIT SE RONGER LES SANGS...
TU NE CROIS PAS ?
EH BIEN...
A PRIORI...
ÇA DEVRAIT ALLER !
ELLE M'A DEMANDÉ POUR QUI J'AVAIS PRÉPARÉ TOUT ÇA...
ET J'AI ESQUIVÉ EN RIANT...
MAIS ELLE A SOURI.
ALORS J'IMAGINE...
QU'ELLE DOIT ME COMPRENDRE !

ZUT !
J'AI MANGÉ TOUTE LA VIANDE !
MÊME TA PART...
HI HI...
MANGE ! C'EST POUR TOI !
TON DÉMÉNAGEMENT, C'EST POUR BIENTÔT...
Découvrez Ashikaga
EH OUI... LA SEMAINE PROCHAINE...

KAGO-SHIMA...
C'EST SI LOIN !
C'EST VRAI...
MAIS TOCHIGI AUSSI, C'ÉTAIT LOIN !
HI HI HI...
C'EST VRAI ! TU NE PEUX MÊME PLUS RENTRER CHEZ TOI !
AU FAIT...
...

JE VAIS BIENTÔT DEVOIR FERMER !
COMME PLUS AUCUN TRAIN NE ROULE...
AH...
D'AC-CORD !
FAITES ATTEN-TION, IL NEIGE BEAU-COUP !
MERCI !

TU AS GRANDI, TAKAKI !
TU CROIS ?
JE NE M'EN RENDS PAS COMPTE...
FRSH
FRSH

DASH
Hi
Hi...

TU VAS À TON ENTRAÎNEMENT, DEMAIN ?
OUI...
COMME LES FILLES DE 3E ÉTAIENT TRÈS FORTES, LEUR ABSENCE VA SE FAIRE SENTIR.
JE VOIS...
ET DIRE QUE TU FAIS DU BASKET...
C'EST FOU, HEIN ? JE SUIS NULLE, MAIS TRÈS ASSIDUE !
ET TU ARRIVES À FAIRE UN TOUR SUR TOI-MÊME, À LA BARRE FIXE ?
HEIN ?!
JE ME LE DEMANDE... JE N'AI PLUS RÉESSAYÉ.
MAIS PEUT-ÊTRE QUE OUI...
TU CROIS ?
ET TOI, TAKAKI ? TU DISAIS FAIRE DU FOOT POUR AMÉLIORER TA CONDITION PHYSIQUE.
OUI.
COMME C'ÉTAIT LA MÊME RAISON POUR MOI, J'AI ÉTÉ SURPRISE... EN FAIT NON, JE ME SUIS DIT QUE JE M'Y ATTENDAIS !
TU T'Y ATTENDAIS ?
...
COMME J'AIMAIS AUSSI...

LES LIVRES QUE TU AIMAIS...
...
C'EST VRAI.
MAIS COMME ...
ON N'EST PLUS DANS LE MÊME COLLÈGE...
JE ME SUIS DIT QUE JE DEVAIS CHANGER !
JE ME DEMANDAIS SI C'ÉTAIT PAREIL POUR TOI...
OUI...
JE TE COMPRENDS ...
JE TE COMPRENDS !
C'EST PAREIL POUR MOI, MAIS...

EN TOUTE HONNÊTETÉ, JE N'ARRIVE TOUJOURS PAS À M'Y FAIRE.
TU N'AS PAS FROID ? DÉSOLÉE...
J'AURAIS DÛ ACHETER DES CHAUFFERETTES DE POCHE !
NE T'EN FAIS PAS ! TU AS L'AIR D'AVOIR PLUS FROID QUE MOI !

MOI ? ÇA VA, J'Y SUIS HABITUÉE, TU SAIS ?
TU ME DISAIS QUE TU ÉTAIS EMMITOUFLÉE, DANS TES LETTRES.
OUI ! JE PORTE DES TRUCS BIEN CHAUDS SOUS MON MANTEAU !
AH OUI...
LA CHANCE...
IL N'Y A PAS TROP DE VÊTEMENTS COMME ÇA POUR LES GARÇONS, HEIN ?
...

CELUI DONT TU M'AS PARLÉ DANS TA LETTRE ?
TU LE VOIS...
L'ARBRE, LÀ-BAS ?
OUI !
LE CERI-SIER...

REGARDE...
ON DIRAIT...

C'EST
VRAI...

!
TAKAKI...

L'ANNÉE PROCHAINE AUSSI, CE SERAIT BIEN DE POUVOIR REGARDER LES CERISIERS ENSEMBLE !
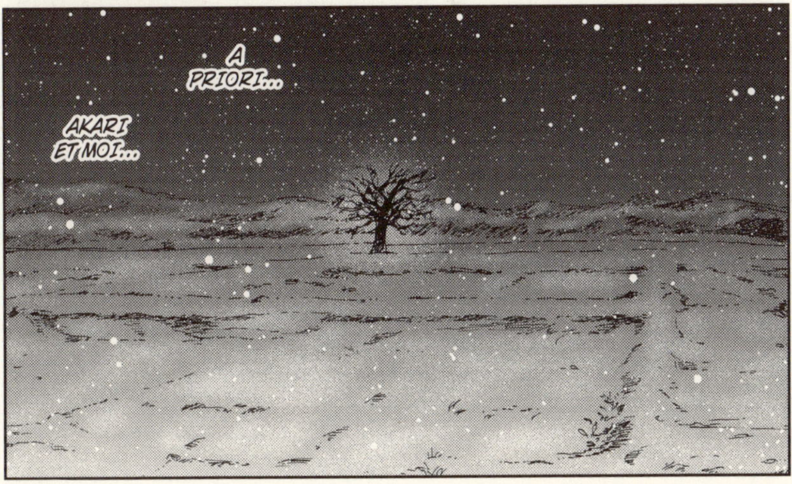
A PRIORI...
AKARI ET MOI...

NOUS NE POURRONS PLUS JAMAIS...
ÊTRE ENSEMBLE...
ET SANS DOUTE...
QU'AKARI...
PARTAGE CETTE PENSÉE.

Hi Hi
!

CETTE COUVERTURE A UNE ODEUR ÉPOUVANTABLE !
ELLE A AU MOINS LE MÉRITE D'EXISTER !
TAKAKI, TU ES BIEN COUVERT ?
OUI, NE T'INQUIÈTE PAS !
AKARI, TU DEVRAIS ENLEVER TES CHAUSSETTES !
FAIS LES SÉCHER, TU LES REMETTRAS APRÈS !
GH...
C'EST FROID !
ALLEZ, METS TES PIEDS DEDANS !
C'EST L'ÉTAT D'URGENCE !
FFF...

KAGO-SHIMA...
ÇA PREND COMBIEN DE TEMPS, DEPUIS TOKYO ?
HEIN ?
UN PEU MOINS DE DEUX HEURES... EN AVION !
AH BON !
MAIS J'AVAIS OUBLIÉ DE PRÉCISER UN DÉTAIL...
C'EST DANS LA PRÉFECTURE DE KAGOSHIMA... MAIS C'EST À TANEGASHIMA !
PARDON ?
DEPUIS KAGOSHIMA, IL FAUT REPRENDRE UN AVION POUR MOINS D'UNE DEMI-HEURE...
ET EN BATEAU, ÇA DOIT PRENDRE...
UNE HEURE ET DEMIE.
EN BATEAU ...
JE VOIS...

...
AH...
ÇA ME REVIENT ! TANEGASHIMA, C'EST LÀ QU'IL Y A LES FUSÉES QU'ON ENVOIE DANS L'ESPACE ?!
?
TU PARLES DU CENTRE DE LANCEMENT SPATIAL ?
MAIS OUI ! QUELLE CHANCE, TAKAKI !
TOI QUI VEUX DEVENIR COSMONAUTE...
TU VAS POUVOIR APPRENDRE PLEIN DE CHOSES !

...
C'ÉTAIT BIEN...
TON RÊVE, NON ?
IL N'Y A QUE TOI, AKARI, POUR M'ENCOURAGER AUTANT...
DANS CE RÊVE DE DEVENIR...
COSMONAUTE.
...
TAKAKI, JE SUIS SÛRE QUE TU PEUX LE FAIRE !
ET PAS QUE COSMONAUTE !
TU PEUX DEVENIR CE QUE TU VEUX !

TU AS RÉUSSI À FAIRE CE CHEMIN SEUL...
JE SUIS CERTAINE QUE TU PEUX TOUT FAIRE !
MERCI...

HM-
MM...
BON-
JOUR
AKARI
!

BONJOUR !
OH LÀ LÀ !
QUELLE NEIGE ?!
JE ME DEMANDE SI LES TRAINS CIRCULENT.
TU DEVRAIS T'ACHETER DES CHAUSSETTES SUR LA ROUTE !
TU CROIS QUE LES MAGASINS SERONT OUVERTS ?
JE CONNAIS UNE SUPÉRETTE QUI EN VEND !

TU AS VU ÇA ?!
HI HI HI HI !
HI HI
HI HI
HI HI
VEUILLEZ-VOUS RECULER DERRIÈRE LA LIGNE JAUNE...
OH !
VOILÀ TON TRAIN !

IL EST À L'HEURE !
QUELLE CHANCE !
C'EST VRAI !
FAITES QU'IL NE S'ARRÊTE PAS, AUJOURD'HUI !
HA HA HA !
MÊME SI...
プルルルル
TRILILILI

プルルル..
TRILILILI
EUH...
TAKAKI...
TAKAKI...

TOUT SE PASSERA BIEN POUR TOI...
J'EN SUIS CERTAINE !
プシュー…
PSHHHH

MERCI...
FSHHH
EUH...
PRENDS SOIN DE TOI !
TOI AUSSI, AKARI...
JE T'ÉCRIRAI !
ON S'APPELLERA !

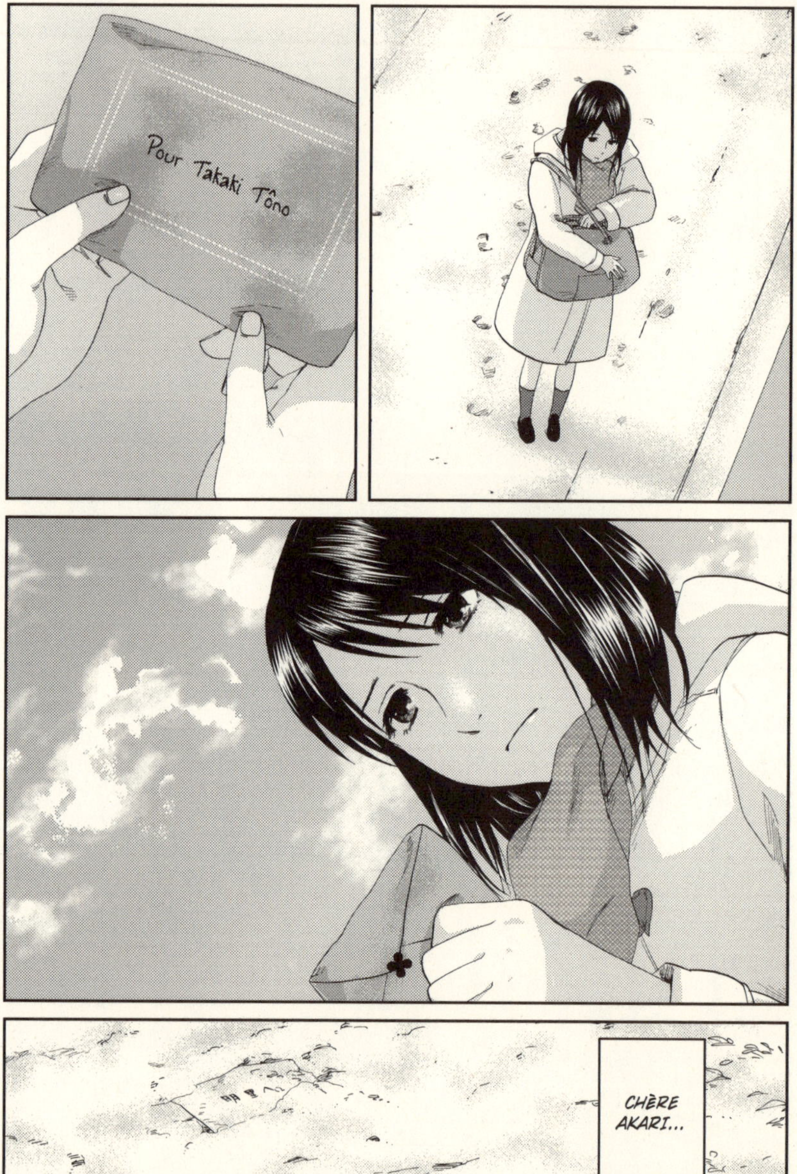
Pour Takaki Tôno
CHÈRE AKARI...

"DEVENIR UN ADULTE" : CONCRÈTEMENT, J'AI ENCORE DU MAL À COMPRENDRE...
CE QUE ÇA VEUT DIRE.
MAIS UN JOUR, DANS UN FUTUR LOINTAIN...
SI ON SE REVOIT PAR HASARD, QUELQUE PART...
JE VOUDRAIS DEVENIR UN ADULTE...
DIGNE DE CE NOM.

AKARI.
JE T'EN FAIS LA PROMESSE.
ON S'ÉLOIGNE...
J'IMAGINE QU'UN JOUR...
JE FINIRAI PAR PERDRE MON COMBAT CONTRE CETTE DISTANCE INCOMPRES-SIBLE...
ET CONTRE LE TEMPS...
AKARI...

UN JOUR...
TA VOIX...
TON VISAGE...
JE FINIRAI SANS DOUTE PAR LES OUBLIER.
COMMENT FAIRE POUR TROUVER...
LA FORCE DE RÉSISTER ?
Akari, je t'aime depuis toujours.

Adieu...
COMMENT FAIRE...
POUR TE REVOIR ?

Chapitre 4
Les sentiments de Kanae

ドドォォォ
VSHHHH
Hiii !

PSHHH
PSHHH
PFF...
KANAE !
ÇA S'EST BIEN PASSÉ ?
CE NE SERA PAS POUR AUJOURD'HUI !
POURTANT, LE VENT ÉTAIT OFF-SHORE.
PRENDS TON TEMPS...
TU REVIENS, APRÈS LES COURS ?
OUI, SI ÇA NE T'EMBÊTE PAS !
PAS DE SOUCI ! MAIS NE NÉGLIGE PAS TES ÉTUDES POUR AUTANT !
CLAC
NE T'INQUIÈTE PAS !

BOUUUUM
TAP
TAP
POF

KRIII
TAC
EEH
YES !

SALUT ...
KANAE !
SALUT TAKAKI !
TU ES ARRIVÉ TÔT !
TOI AUSSI, KANAE...
TU ÉTAIS À LA PLAGE, N'EST-CE PAS ?
OUI !
TU T'EN-TRAÎNES DUR !
HEIN ?!

BOF... PAS TANT QUE ÇA.
HI HI !
À PLUS TARD, TAKAKI !
OUI...
À TOUT À L'HEURE !
HI-III...
J'AI UN PEU POUFFÉ...
MAIS JE SUIS...
SI HEU-REUSE !

VOUS AVEZ COMPRIS ?
C'EST LE MOMENT DE FAIRE VOS CHOIX !
DISCUTEZ-EN AVEC VOS PARENTS ET PRENEZ LE TEMPS DE RÉFLÉCHIR !
IL PARAÎT QUE SASAKI VA PASSER LES CONCOURS POUR INTÉGRER UNE ÉCOLE À OSAKA...
CELLE DE TERMINALE 1 ? ELLE EST TROP FORTE !
進路希望調査
POUR MOI, CE SERA PLUTÔT UN BTS À KUMAMOTO...
ET TOI, KANAE ?
HEIN ?
TU VAS CHERCHER DU BOULOT ?
EUH...
ON SE DEMANDE CE QUE TU AS DANS LA TÊTE...
IL N'Y A QUE TAKAKI DANS SA TÊTE !
JE SUIS CERTAINE QU'IL A UNE PETITE COPINE À TOKYO !
ARRÊTE !
HA HA HA !

KANAE, OÙ TU VAS ?!
ELLE FUIT !
JE VAIS M'ACHETER UNE BOISSON !
ENCORE ?!
SI TU PASSES DEVANT LA TERMINALE 1 ET QUE TU VOIS TAKAKI, DEMANDE-LUI OÙ IL VA. ♥
LA FERME !
TU PEUX ME PRENDRE UN JUS D'ORANGE AU PASSAGE ?
ELLES M'AGACENT !
JE NE LEUR AI JAMAIS DIT CE QUE J'ÉPROUVAIS POUR TAKAKI... POURQUOI TOUTES CES MOQUERIES ?!
ÇA ME FAIT PENSER QUE LE LANCEMENT AURA BIENTÔT LIEU...
ÇA FAISAIT SI LONGTEMPS !
SI SEULEMENT ON POUVAIT Y ASSISTER ENSEMBLE...
QUELLE ÉMOTION ON POURRAIT PARTAGER !

FSHHH
ALORS ? TOU-JOURS PAS ?
NON...
ALORS QUE J'Y ARRIVAIS SI BIEN AU DÉBUT...
QU'EST-CE QUI M'ARRIVE ?

NE T'EN FAIS PAS !
ÇA TE REVIENDRA NATURELLEMENT !
TOI AU MOINS, TU NE TE PRENDS PAS LA TÊTE...
?
POURQUOI TU ES SI PRESSÉE ? C'EST JUSTE UN HOBBY...
...
À CE RYTHME, JE N'ARRIVERAI JAMAIS À LUI DIRE AVANT LA FIN DE L'ANNÉE.
CLAC
AU REVOIR MADEMOISELLE SUMIDA !
AU REVOIR !
MERCI GRANDE SŒUR !
TU NE VEUX PAS QUE JE TE RACCOMPAGNE À LA MAISON ?
NON... JE VAIS RENTRER EN SCOOTER !

KANAE !
TU RENTRES MAINTENANT ?
OUI !
TOI AUSSI ?

ON RENTRE ENSEMBLE ?
oui...
HEUREUSEMENT QUE JE NE SUIS PAS UN CHIEN !
HHH
HHH
HHH
OH MON DIEU...
JE SUIS VRAIMENT STUPIDE !
MAIS À QUOI JE PENSE ?
DÈS LE DÉPART, TAKAKI...

* Petite ville de 17 000 habitants, sur l'île de Tanegashima, dans la préfecture de Kagoshima. La ville de Kagoshima, chef-lieu de la préfecture, compte 600 000 habitants, ce qui est minuscule par rapport à Tokyo, qui compte plus de neuf millions d'habitants.

ET DEPUIS CE JOUR, MON REGARD LE SUIT PARTOUT...
MÊME SI JE NE LUI ADRESSE LA PAROLE QU'À DE RARES MOMENTS.
QUELLE CHANCE ! JE VAIS POUVOIR M'ASSEOIR TOUT PRÈS DE LUI !
JE LE REGARDE À PEINE QUE MON CŒUR SE MET À BATTRE LA CHAMADE...
ET IL BONDIT DE JOIE DÈS QUE J'ENTENDS SA VOIX.
J'AVAIS TELLEMENT ENVIE D'INTÉGRER LE MÊME LYCÉE QUE LUI QUE J'AI ÉTUDIÉ COMME UNE ACHARNÉE POUR ÊTRE REÇUE.
MAIS ÉVIDEMMENT, JE N'AI PAS PU ÊTRE DANS LA CLASSE DE TAKAKI, CELLE DES MEILLEURS ÉLÈVES.
J'AI DONC CONTINUÉ À LE REGARDER DE LOIN...
HEUREUSEMENT, UN HASARD A PERMIS DE NOUS RAPPROCHER.
LA FÊTE DE L'ÉCOLE... C'EST ICI !
HUMPF !
FRSH
C'EST LA SECONDE 3 !

TAKAKI !
ON S'ASSOIT LÀ ?
C'EST VOUS, LES RESPONSABLES DE LA SECONDE 3 ?
ÇA VA ?
PARDON ?!
NOUS, ON EST EN SECONDE 1...
OH...
!
KANAE ?!
IL...
COMME ON ÉTAIT DANS LA MÊME CLASSE AU COLLÈGE...
IL SE...
HI HI...
SALUT TAKAKI !
SOUVIENT DE MOI !

VOTRE CLASSE ET LA NÔTRE PROPOSENT LA MÊME ATTRACTION : LA MAISON HANTÉE !
DU COUP, ON NOUS A DEMANDÉ DE NOUS ARRANGER ENTRE NOUS...
OH NON ! NOUS, ON N'A PAS D'AUTRE IDÉE...
Organisation de la fête de l'école
BON, ET SI ON TIRAIT AU SORT POUR SE DÉCIDER ?
HUM
ET SI ON LE FAISAIT ENSEMBLE ?
HEIN ?!
LA SECONDE 2 A OPTÉ POUR LE CHANT, ILS NE DEVRAIENT PAS UTILISER LEUR SALLE DE CLASSE !
SAKI...
ON POURRAIT UTILISER LEUR SALLE DE CLASSE ET RELIER LA NÔTRE À LA VÔTRE ?
TU ES UNE AMIE EN OR !
LES VISITEURS SERONT PLUS CONTENTS SI LE PARCOURS EST LONG. ET PUIS ON POURRA SE PARTAGER LES PRÉPARATIFS !
JE N'Y AVAIS PAS PENSÉ...
OK, ON VA VÉRIFIER SI LES AUTRES SONT D'ACCORD !

DIS... TU PEUX M'AIDER À LE SOULEVER DE L'AUTRE CÔTÉ ?
HEIN ?! BIEN SÛR !
KANAE, FAIS ATTENTION !
D'ACCORD !
ET C'EST AINSI...
QUE LES OCCASIONS DE DISCUTER ENSEMBLE SE SONT MULTIPLIÉES...
CE QUI N'A FAIT QUE RENFORCER...
MON AMOUR POUR TAKAKI.
J'ÉTAIS SI HEUREUSE...
MON AMOUR GRANDISSAIT À CHAQUE FOIS QUE JE LE VOYAIS...

J'ÉTAIS CHAQUE JOUR...
PLUS AMOUREUSE DE LUI...
JE L'AIMAIS SI FORT ...
QUE ÇA ME FAISAIT PEUR...
ET SOUFFRIR...
MAIS J'ÉTAIS SI HEUREUSE...
CHAQUE RENCONTRE ME REMPLISSAIT DE JOIE...

JE NE POUVAIS RIEN Y FAIRE.
TAKAKI, TU REPRENDS LE MÊME ?!
OUI, PUISQUE C'EST BON !
TOI, KANAE, TU CHOISIS TOUJOURS AVEC GRAND SOIN !
PAS FAUX...
JE T'AT-TENDS DEHORS !
BIEN SÛR QUE JE SUIS RÉFLÉ-CHIE !
JE ME DEMANDE À CHAQUE FOIS QUEL CHOIX DONNERA UNE MEIL-LEURE IMAGE DE MOI...
UN CHOIX LOUCHE.
PAS TRÈS RAFFINÉ.
PACKAGING MIGNON, MAIS GOÛT BOF.
BON, MAIS FAIT TROP GARÇON MANQUÉ.

ET FINA-
LEMENT,
JE FINIS
TOUJOURS
AVEC
CELUI-CI
!
ÇA
FERA
90
YENS*
!
ヨーグルッペ
TIP
TIP
C'EST
BON
?
!

* Environ 0,75 €

CLAP
ALORS, QU'EST-CE QUE TU T'ES ACHETÉ ?
EUH... J'AI UN PEU HÉSITÉ, MAIS J'AI PRIS ÇA !
TAKAKI ...
EN FAIT, C'EST MON QUATRIÈME DE LA JOURNÉE, TU TE RENDS COMPTE ?
ENVOIE DE TEMPS À AUTRE DES MESSAGES...
C'EST BEAUCOUP !
TU PRENDS TOUJOURS CETTE MARQUE.
ET À CHAQUE FOIS...
JE ME SURPRENDS À RÊVER...
D'ÊTRE LA DESTINATAIRE DE CES MESSAGES.
MAIS ...
J'AI BEAU FAIRE SEMBLANT DE L'AVOIR CROISÉ PAR HASARD POUR RENTRER AVEC LUI...
LA RÉALITÉ, C'EST QUE JE NE CONNAIS MÊME PAS SON NUMÉRO DE TÉLÉPHONE...
ET J'EN AI LES LARMES AUX YEUX.

QUAND J'ENTENDS LA VOIX DOUCE DE TAKAKI ...
JE DOIS ME RETENIR D'ÉCLATER EN SANGLOTS.
KABU ! COUCOU !
KABU !
JE SUIS RENTRÉE !
J'Y VAIS !
OK !
BONNE SOIRÉE !

PAR RAPPORT À L'ÉPOQUE OÙ L'ON NE SE PARLAIT JAMAIS...
ALLEZ, KABU... ON RENTRE !
OUAF
JE SUIS, CERTES, PLUS HEUREUSE...
TAKAKI EST EN TRAIN DE PARLER AVEC SASAKI !
MAIS JE SOUFFRE DAVANTAGE AUSSI.

?!
ILS ONT L'AIR DE BIEN S'EN-TENDRE !
LA DERNIÈRE FOIS, ILS SONT MÊME RENTRÉS ENSEMBLE !
ILS FORMENT UN BEAU COUPLE, EN TOUT CAS !
EN PLUS, ILS SONT LES MIEUX CLAS-SÉS PARMI LES ÉLÈVES DE TERMI-NALE !
PEUT-ÊTRE QU'ILS SORTENT ENSEMBLE ET QU'ILS NOUS LE CACHENT ?
HA HA HA...
PARDON ?

MAIS NON ! ON NE SORT PAS ENSEMBLE...
SURTOUT QUE J'AI UN COPAIN.
QUOI ?!
MAIS ON N'ÉTAIT PAS AU COURANT !
C'EST MON PROF, AU SOUTIEN SCOLAIRE.
MAIS C'EST UN SECRET !
TON PROF ?!
AU SOUTIEN SCOLAIRE ?!
VRAIMENT...
ON N'EST PAS FAITES DU MÊME BOIS.
QU'EST-CE QUE TU RACONTES !
MAIS REVENONS À TAKAKI...
LA RUMEUR, DANS MA CLASSE, C'EST QU'IL SORTIRAIT AVEC UNE FILLE DE TERMINALE 3 !
AH NON ! IMPOSSIBLE !
ÇA, ON EN EST SÛRES !
C'EST BIEN CE QUE JE ME DISAIS... MOI, JE LUI AI DÉJÀ DEMANDÉ, À TAKAKI...
S'IL AVAIT UNE PETITE COPINE.
C'EST VRAI ?!
ALORS ? ALORS ?
IL N'A PAS VOULU ME RÉPONDRE.

POUR ÊTRE PLUS PRÉCISE...
J'AI SENTI QUE JE NE DEVAIS PAS LE QUESTIONNER DAVANTAGE.
PEUT-ÊTRE QU'IL VIT UNE HISTOIRE SECRÈTE, COMME MOI ?
AH OUI ! ÇA LUI RESSEMBLERAIT !
IL EST SI MYSTÉRIEUX, TAKAKI...
ET PUIS, RENTRER AVEC UNE FILLE SANS SORTIR AVEC, ÇA CRÉE DES QUIPROQUOS !
C'EST JUSTE QU'IL CONSIDÈRE TOUS LES GARÇONS ET LES FILLES DE LA MÊME FAÇON !
VOUS LE CONNAISSEZ, NON ? IL N'A PAS LA MÊME FAÇON DE SE FAIRE DES AMIS QUE LES GARÇONS DE SON ÂGE.
IL EST CALME ET GENTIL AVEC TOUT LE MONDE, SANS FAIRE DE FAVORITISME...
MAIS D'UN AUTRE CÔTÉ, ON N'ARRIVE PAS À LIRE DANS SES PENSÉES !
C'EST CLAIR ! C'EST CE QUE JE ME SUIS DIT PENDANT LA FÊTE DE L'ÉCOLE !
EN TOUT CAS, SI J'ÉTAIS VOUS, JE PARLERAIS AVEC VOTRE COPINE...
CETTE CONVERSATION...
CELLE QUI EST AMOUREUSE DE TAKAKI... C'EST ELLE QUI DEVRAIT EN PARLER DIRECTEMENT AVEC LUI !
M'ÉTAIT DEVENUE INSUPPORTABLE...
ELLE ME DÉSESPÉRAIT...

C'ÉTAIT MON AMIE SAKI QUI AVAIT EU L'IDÉE DE DISCUTER AVEC SASAKI...
IL FAUDRAIT VRAIMENT ÊTRE FOLLE AMOUREUSE DE LUI POUR SE LANCER DANS L'AVENTURE.
EN TOUT CAS, C'EST MON POINT DE VUE.
ET MOI, JE LES AVAIS SUIVIES SANS SCRUPULES.
JE DÉTESTAIS QU'ON PARLE AINSI DE TAKAKI...
ÇA ME RENDAIT VRAIMENT...
MALADE.
JE SUIS TELLEMENT BÊTE...
TELLEMENT STUPIDE.

AUJOURD'HUI, JE PASSE MON TOUR...
IL A L'AIR D'ÊTRE ENCORE AU TIR À L'ARC...
MAIS JE NE L'ATTENDRAI PAS POUR RENTRER !
PFFF...
KABU ...
TU SAIS, SI ON CONTINUAIT TOUT DROIT, ON ARRIVERAIT CHEZ TAKAKI !
J'Y SUIS ALLÉE EN CACHETTE, UNE FOIS...

PFF...
JE SUIS PITOYABLE...
KABU ...
AINSI ...
LE MOINDRE ÉVÊNEMENT SUFFIT À ME PLONGER DANS UNE IMMENSE TRISTESSE...
ぎゅう
GNNN
WAF!
ET DÈS QUE TAKAKI RÉAPPARAÎT, JE SUIS DE NOUVEAU AUX ANGES...
ET ÇA FAIT CINQ ANS QUE ÇA DURE.
TOUS MES SENTIMENTS SONT CONDITIONNÉS PAR TAKAKI, C'EST COMME SI MON UNIVERS TOURNAIT AUTOUR DE LUI...
!

BRR
BRR
PFF...
TAKAKI ?!
OH LÀ LÀ...
JE N'AI PAS ARRÊTÉ DE ME PLANTER ! LA HONTE !
MAIS, MAIS, MAIS...
POURQUOI ?!
GOD !

VSHHH
BONJOUR !
TU ES BIEN TAKAKI, EN TERMINALE CHEZ NOUS, N'EST-CE PAS ?
MADEMOISELLE SUMIDA...
TU AVAIS UNE COURSE À FAIRE ?
OUI...
!
GRANDE SŒUR...
MOI, J'ACCOMPAGNE MA PETITE SŒUR...
TU EN VEUX ?
MERCI.
MAIS POURQUOI PARLER DE MOI ?!
AH OUI... LE SURF...

TIENS ? MAIS TU LA CONNAIS ? POURTANT, VOUS N'ÊTES PAS DANS LA MÊME CLASSE ?
COMME ON ÉTAIT DANS LE MÊME COLLÈGE, ON SE CONNAÎT BIEN...
ET ELLE M'A DIT QU'ELLE VA À LA MER TOUS LES MATINS.
AH OUI ?
MOI AUSSI, JE FAIS DU SURF, DEPUIS LA FAC...
ÇA A DÛ L'INFLUENCER QUAND ELLE S'EST LANCÉE DANS LE BODYBOARD.
ÇA SUFFIT, MAINTENANT !
ELLE A COMMENCÉ L'ANNÉE DERNIÈRE, IL ME SEMBLE...
MAIS CE N'EST PAS ENCORE ÇA !
ET TOI, TAKAKI, TU NE FAIS PAS DE SURF ?
COMME JE NE NAGE PAS TRÈS BIEN...
C'EST VRAI ? ON NE DIRAIT PAS, COMME ÇA !
KANAE ?
QU'EST-CE QUE TU FAIS ? TOUJOURS PAS CHANGÉE ?
GLOUPS
MAIS JE NE PEUX PAS ME CHANGER ALORS QUE TAKAKI EST ICI !
TA...
TAKAKI EST TRÈS OCCUPÉ ! NE LE RETIENS PAS !

D'ACCORD...
?
NON, RIEN...
DÉSOLÉE !
NE VOUS EXCUSEZ PAS ! À BIENTÔT !
FSHHH
KANAE...
COURAGE !

VROUM
ALLEZ ! VA TE CHANGER !
AH !
HA
EUH... OUI !
TAP TAP TAP TAP
TAP TAP TAP TAP
GRANDE SŒUR !
EN FAIT, JE VAIS CONTI-NUER À M'ENTRAÎ-NER !
QUOI ?!

REGARDE, LE VENT SE LÈVE !
PAS POUR MOI !
ET LE DÉJEU-NER ?
C'EST VRAI...
UN JOUR, J'AI PRIS UNE DÉCI-SION.

QUAND JE MONTERAI SUR LA VAGUE...
QUAND JE MONTERAI SUR LA VAGUE !
ザァァァ
VSHHH

VSHHH
SHHH

Chapitre 5
Cosmonaute

SHRRF
CLIC
OUAH !
HEIN ?
C'EST TOI, KANAE ?
AH...
TAKA-KI...
TU AS FINI ?

QU'EST-CE QUE TU FAIS LÀ ?
AH ! EUH...
J'AVAIS UNE COURSE À FAIRE DANS CE BÂTIMENT... HI HI HI !
AH BON...
IL RENTRE PLUS TÔT QUE D'HABITUDE !
TU RENTRES ?
EUH...
J'AI L'AIR DE QUOI ?!
OUI !
TOUT À FAIT !
ET SI ON RENTRAIT ENSEMBLE ?
TAKA-KI...
RESTE GENTIL AVEC MOI, MALGRÉ TOUS MES DÉFAUTS...
BIEN SÛR !

ZUT !
J'AVAIS OUBLIÉ...
C'EST UNE CARTE POSTALE ?
CLAC
HI HI...
C'EST UNE COPINE QUI A DÉMÉNAGÉ EN 3E...
ELLE EST TRÈS RÉGULIÈRE ! CHAQUE ANNÉE, ELLE M'ENVOIE UNE CARTE AU NOUVEL AN, ET UNE EN ÉTÉ.
COMME SES PARENTS SONT TRÈS SÉVÈRES, ILS N'ONT PAS VOULU LUI ACHETER UN PORTABLE. DU COUP, ON CORRESPOND PAR VOIE POSTALE ET NON PAR SMS !
UNE COPINE DE 3E... TU PARLES DE YAMASHITA ?
EXACTEMENT ! TU TE SOUVIENS ?
OUI... MAIS JE NE SAIS PAS OÙ ELLE EST PARTIE...
DANS LA PRÉFECTURE DE HYÔGO !
C'EST IMPRESSIONNANT COMME ELLE A CHANGÉ ! ON SENT LE PATOIS LOCAL DANS SON ÉCRITURE !
ET PUIS À CHAQUE FOIS, ELLE M'ENVOIE DES PHOTOS... ELLE A UN LOOK D'ENFER !
ELLE A BIEN CHANGÉ EN APPARENCE, MAIS ELLE RESTE TOUJOURS FIDÈLE À ELLE-MÊME.
ET TOI, TAKAKI ? TU ENVOIES DES LETTRES À TES AMIS DE TOKYO ?

...
EUH...
DÉ... DÉSOLÉE POUR MON INDISCRÉTION !
OUBLIE CETTE QUESTION !
NE T'EN FAIS PAS !
AU DÉBUT, ON S'ÉCHANGEAIT DES LETTRES, OUI...
MAIS PETIT À PETIT, ON METTAIT DE PLUS EN PLUS DE TEMPS À SE RÉPONDRE...
ET À L'HEURE ACTUELLE, ON A PERDU CONTACT.
JE VOIS...

MAIS ÇA ARRIVE SOUVENT, QU'UNE CORRESPONDANCE FINISSE COMME ÇA.
J'AVAIS UNE COPINE QUI A CHANGÉ D'ÉCOLE EN PRIMAIRE...
ON S'ÉTAIT DIT QU'ON SERAIT AMIES POUR LA VIE, ET ON S'ENVOYAIT RÉGULIÈREMENT DES LETTRES...
MAIS AU BOUT D'UN MOMENT, ÇA S'EST ARRÊTÉ, SANS QU'ON NE S'EN RENDE COMPTE...
COMME ON N'A PAS ENVIE DE PARLER DE PERSONNES INCONNUES DE L'AUTRE...
LES SUJETS DE CONVERSATIONS SE RARÉFIENT.
ON FINIT PAR SE DEMANDER SI LES LETTRES NE DÉRANGENT PAS PLUS QU'ELLES NE FONT PLAISIR...
PUISQU'ON NE SE REVERRA PLUS.
MAIS TU SAIS, TAKAKI ?
AVEC LES CARTES DE VŒUX, AU MOINS, ON N'A PAS À SE PRENDRE LA TÊTE !
AVEC YAMASHITA, COMME ELLE M'ÉCRIT, JE LUI RÉPONDS...
ON NE S'APPELLE JAMAIS ET UNE GRANDE DISTANCE NOUS SÉPARE...

MAIS À CHAQUE FOIS QUE JE REÇOIS UNE LETTRE D'ELLE, ÇA ME FAIT PLAISIR !
ALORS ...
MAIS PEUT-ÊTRE QUE CE N'EST PAS TON CAS...
DÉSOLÉE...
TAKAKI...
NE T'EN FAIS PAS...
TU AS RAISON...
JE VOIS CE QUE TU VEUX DIRE...

ON Y VA ?
EUH ...
OK !
IL Y A UNE ÉMISSION QUE JE NE VOUDRAIS PAS RATER, CE SOIR.
QUOI ?! TU REGARDES LA TÉLÉ ?!
BIEN SÛR !
C'EST UNE ÉMISSION SPÉCIALE SUR LA FUSÉE H-II QUI VA BIENTÔT ÊTRE LANCÉE.
OH, JE COMPRENDS MIEUX...
KANAE SUMIDA, DE LA TERMINALE 3...
MONSIEUR ITÔ VOUS DEMANDE...
VEUILLEZ-VOUS RENDRE EN SALLE DES PROFESSEURS...
DING DOONG !
MAIS C'EST TA PETITE COPINE, TAKAKI !

* Île la plus méridionale des quatre principales du Japon. Elle comprend notamment la préfecture de Kagoshima.

Hhh
Hhh
Hiii !
VSHHHH
Hhh
Hhh
Hhh

VSHHH
POU-AH !
HHH
HHH
HHH
HHH
CE N'EST PAS ICI…
HHH
JE SAIS PERTINEMMENT…
QUE MA PLACE N'EST PAS ICI.
FSHHH
POUR AUTANT, JE NE SAIS PAS OÙ ALLER…
ET JE N'AI AUCUN MOYEN DE PARTIR AILLEURS.

KANAE !
TUTUUT
QU'EST-CE QUE JE VAIS DEVENIR ?
TU RENTRES ?
OU TU RETOURNES AU LYCÉE ?
...
AU LYCÉE ...
"ESSAIE D'AVOIR UNE DISCUSSION SÉRIEUSE AVEC TA SŒUR !"
"MOI AUSSI, JE LUI EN PARLERAI !"
POURQUOI SE RETRANCHE-T-ELLE DANS LE SILENCE ?
EST-CE UNE ATTENTION DE SA PART ?
C'EST LE GENRE D'ATTENTION...
QUI ME PÈSE.

IL A DÛ RENTRER...
CLAC
VROUM
CLAC
VROUM
CLAC
ZUT !
MON SCOOTER... IL A DU MAL, EN CE MOMENT...
AUJOURD'HUI, JE N'AI VRAIMENT PAS DE CHANCE...

TAKAKI...
TAKAKI...
TAKAKI
!

J'AI RÉCIDIVÉ...
MOI QUI N'AI PAS LE DROIT...
D'ENTRER DANS SON TERRITOIRE...
TIENS ? KANAE ?
!
QU'EST-CE QUE TU FAIS LÀ ?
TU SAVAIS QUE J'ÉTAIS ICI ?

DÉSOLÉE...
J'AI VU TON SCOOTER ET JE SUIS VENUE !
FRSH
HI HI...
COMME JE NE T'AI PAS VUE AU PARKING DEUX ROUES ...
HEIN ?
POURQUOI ?
ÇA ME FAIT PLAISIR !
À CHAQUE FOIS QU'IL SE MONTRE GENTIL.
JE RESSENS COMME UN ÉTAU SE RESSERRER AUTOUR DE MA POITRINE...
BON BEN, JE M'ASSOIS !
DEPUIS QUAND ...
MOI AUSSI !

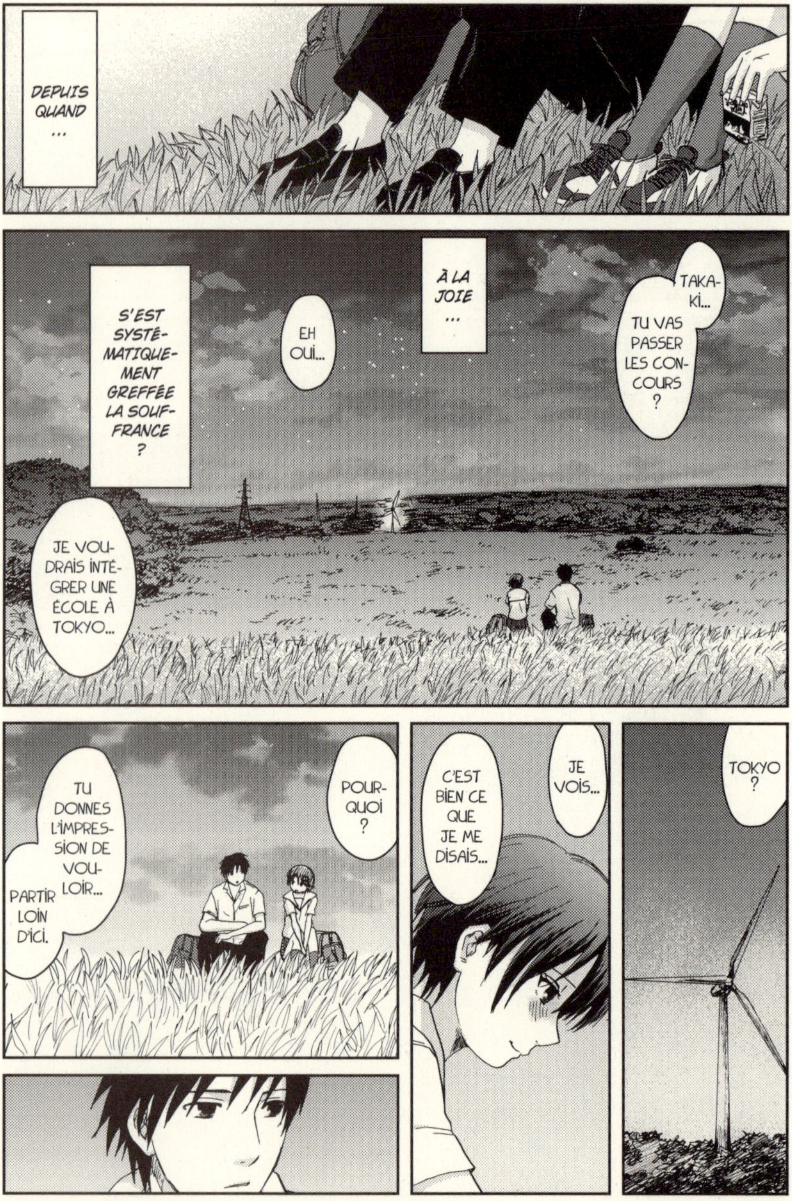

DEPUIS QUAND ...
À LA JOIE ...
S'EST SYSTÉ-MATIQUE-MENT GREFFÉE LA SOUF-FRANCE ?
TAKA-KI... TU VAS PASSER LES CON-COURS ?
EH OUI...
JE VOU-DRAIS INTÉ-GRER UNE ÉCOLE À TOKYO...
TOKYO ?
JE VOIS...
C'EST BIEN CE QUE JE ME DISAIS...
POUR-QUOI ?
TU DONNES L'IMPRES-SION DE VOU-LOIR...
PARTIR LOIN D'ICI.

AH OUI ? ET TOI ?
MOI ?
DE MON CÔTÉ ...
JE NE SUIS MÊME PAS CAPABLE DE SAVOIR DE QUOI DEMAIN SERA FAIT.
BREF...
C'EST SANS DOUTE ...
PAREIL POUR TOUT LE MONDE !
HEIN ?! MAIS NON !
RE-GARDE TOI, TAKAKI !
C'EST PAREIL POUR MOI AUSSI !
POURTANT, TU AS L'AIR SI SÛR DE TOI !
MAIS NON...
JE NE FAIS QU'HÉSI-TER, TOUT LE TEMPS.
JE NE FAIS...
QUE FAIRE CE QUE JE PEUX, COMME JE PEUX...
AVEC TOUTES LES PEINES DU MON-DE.

ALORS, C'EST PAREIL POUR TOI...
...
JE VOIS...
Fiche d'orientation
FRSH
FRSH

...
C'EST UN AVION ?
Oui !

KANAE ! OÙ TU TRAÎNAIS JUSQU'À CETTE HEURE ?!
DÉPÊCHE-TOI DE PRENDRE TON BAIN ! TU VAS ATTRAPER FROID !
ザー
VSHHH
PFFF...
前方 中
NATIONAL
前方 中
NASDA
H II
HLVS-

ONAL SPACE
H II LVS -B 1st ST
VROOUUUM
WOW !
IL PARAÎT QU'IL AVANCE À 5 KILO-MÈTRES HEURE...
JUSQU'À LA BASE DE LANCE-MENT DE MINAMI-TANE...

C'EST VRAI...
LE LANCEMENT AURA LIEU CETTE ANNÉE ! ÇA FAISAIT LONGTEMPS !
OUI... IL DEVRAIT ALLER BIEN AU-DELÀ DU SYSTÈME SOLAIRE.
ÇA PRENDRA DE NOMBREUSES ANNÉES...
TAKAKI...
C'EST LE GENRE DE SUJET QUI T'INTÉRESSE, N'EST-CE PAS ?
QUAND J'ÉTAIS PETIT, J'ADORAIS LES SCIENCES...
J'ÉTAIS ABONNÉ AU MAGAZINE "NEWTON" !
ALORS TU ES DÉJÀ ALLÉ À LA BASE DE LANCEMENT ?
TOUT DE SUITE APRÈS MON DÉMÉNAGEMENT !
COMME J'EN AVAIS TOUJOURS RÊVÉ.
JE VOIS...

ザァァァァ
VSHHH
JE N'IMAGINAIS PAS UNE TELLE PLUIE !
DÉPÊCHONS-NOUS !
FAIS ATTENTION SUR LE CHEMIN DU RETOUR, TAKAKI !
NE T'EN FAIS PAS...
KANAE !
DÉSOLÉ POUR AUJOURD'HUI ! TU ES TREMPÉE !
MAIS NON ! NE T'EXCUSE PAS !
CE N'EST PAS DE TA FAUTE !

J'ÉTAIS CONTENT DE TE PARLER...
À DEMAIN !
N'ATTRAPE PAS FROID !
BONNE NUIT !
NE T'INQUIÈTE PAS...
BONNE NUIT, TAKAKI !

BONNE NUIT, TAKAKI !
WOW ! QUELLE BELLE MARMITE !
ÇA A L'AIR DÉLICIEUX !
PAS MAL, HEIN ? CE RAGOÛT DE L'ÉTÉ !
VA VITE TE SÉCHER LES CHEVEUX !
J'Y VAIS !
AU FAIT ...
MONSIEUR ITÔ T'A DIT QUELQUE CHOSE, N'EST-CE PAS ?
OUI... IL EST VENU ME VOIR...
DÉSOLÉE DE TE DONNER DU SOUCI !
TU N'AS PAS À T'EXCUSER !
PRENDS TON TEMPS POUR CHOISIR !
OUI !
QU'EST-CE QUI SE PASSE, KANAE ?
TU AS FAIT DES BÊTISES ?
RIEN DE SPÉCIAL... CE MONSIEUR ITÔ... IL SE FAIT DU SOUCI POUR RIEN...
DU SOUCI ?!
VOUS ÊTES SÛRES QUE ÇA VA ?!
MERCI, GRANDE SŒUR...
KABU !

KABU, TU SAIS QUOI ?
AUJOURD'HUI, J'AI EU UNE LONGUE CONVERSATION AVEC TAKAKI !
TAKAKI AUSSI, EST PLEIN DE DOUTES...
TAKAKI...
A DIT QU'ON ÉTAIT PAREILS, TOUS LES DEUX !
Une odyssée sombre et solitaire, au-delà de l'entendement...
NATIONAL SPACE DEVELOPMENT AGENCY OF JAPAN
NASDA
STAGE
Se plonger dans des ténèbres profondes, avec la ferveur comme seul guide...
Ne pas rencontrer le moindre atome d'hydrogène...
Espérer que ces abîmes nous révèleront quelques secrets sur l'univers...

Et nous, dans ce voyage...
Où finirons-nous ?
Espérer que ces abimes nous révéleront quelques secrets sur l'univers. Et nous, dans ce voyage... Où finirons-nous ?
Menu
Da CaMa
Clic
Sauvegarder ?
OUI NON
Clic
Sauvegarder ?
OUI NON

DEPUIS QUAND M'EST VENUE CETTE MANIE D'ÉCRIRE DES MESSAGES...
CLAC
SANS DESTINA-TAIRE ?

TÔNO
Takaki Tôno

CLIC
Qui a arrêté d'envoyer des lettres ? Je ne m'en souviens plus...
De toute façon, ce n'était pas le plus important. Les lettres n'avaient déjà plus aucun sens.
Nous avions tous deux pris conscience du présent...
Et touché le fond du problème : nos liens étaient dorénavant coupés.
Nous évitions tous deux d'aborder la question de cette divergence fondamentale...
Et nos lettres ne ressemblaient plus qu'à un alignement de paroles vides de sens. Elles ne se rattachaient plus à rien.

Je pensais que nous resterions toujours ensemble...
Que cette conviction resterait inébranlable, même si nous ne nous rencontrions plus jamais...
ensemble...
Que cette conviction resterait inébranlable, même si nous ne rencontrions plus jamais.
Sauvegarder ?
OUI
NON
CLIC
Sauvegarder ?
OUI
NON
CLIC
CLIC

REPORTAGE : LYCÉE CENTRAL DE TANEGASHIMA, SURF SHOP ORIGIN.

KANEMITSU-SAN, SUZUKI-SAN, ABE-SAN, NEMOTO-SAN, TSUCHIYA-SAN,
LIM-SAN, MSO-CHAN, MAKO-CHAN, EI-10-SAN, GRANDE SŒUR :
MERCI DE M'AVOIR AIDÉE À PHOTOGRAPHIER LES LIEUX
ET ASSISTÉE DANS LE DESSIN !

VOUDRAIS-TU SORTIR AVEC MOI ?
DÉSOLÉE...
...
EUH...
OK...
OH ! NON, JE ME SUIS MAL EXPRIMÉE...
EUH...
TU PEUX ME LAISSER UN PEU DE TEMPS POUR RÉFLÉCHIR ?
Cher Takaki
Comment vas-tu ?
Ici

Comment veux-tu que j'écrive une chose pareille ?
CHER TAKAKI...
ICI, TU ES ABSENT.
QUAND J'ARRIVE EN GARE D'IWAFUNE, JE RESSENS TA PRÉSENCE...
ET POURTANT...
MÊME CES SENSATIONS...
DEVIENNENT DE PLUS EN PLUS VAGUES.

5 cm per second 1 **Fin**

Titre original :
Byosoku 5cm Metoru, vol.1

First published in Japan in 2010
by Kodansha Ltd., Tokyo.
Publication rights for this French edition
arranged through Kodansha Ltd., Tokyo.

Traduction du japonais : Hana Kanehisa
Adaptation graphique : Shuji Takizawa
Maquette de couverture : Shuji Takizawa
Suivi éditorial : Babeth Lê
Direction éditoriale : Mehdi Benrabah

Édition française
2020 Pika Édition
ISBN : 978-2-8116-5165-7
ISSN : 2100-2932
Dépôt légal : février 2020

Achevé d'imprimer en France
par Jouve-Print en septembre 2020

PAPIER À BASE DE FIBRES CERTIFIÉES

Pika Édition s'engage pour l'environnement en réduisant l'empreinte carbone de ses livres.
Rendez-vous sur www.pika-durable.fr

PiKa EDITION
www.pika.fr

PIKA ROMAN

PIKA ROMAN

YORU SUMINO

Je veux manger ton pancreas

LE ROMAN À L'ORIGINE DU FILM D'ANIMATION

"Je veux manger ton pancréas !"
À ces mots, je me figeai.
"J'ai vu ça hier, à la télévision. Autrefois, si une partie de son corps était malade, on mangeait la même partie du corps d'un animal pour guérir. C'est pour ça que... Je veux manger ton pancréas !"
En temps normal, je l'aurais ignorée. Qui ça ? Sakura, ma camarade. Elle était atteinte d'une grave affection du pancréas qui la condamnait, et pourtant... C'est avec moi, un parfait inconnu, qu'elle avait choisi de partager ses derniers jours.
Sa seule requête : que l'on vive ensemble une vie entière, le temps d'un printemps...
Découvrez le roman de Yoru Sumino qui a ému le Japon, à l'origine du film d'animation encensé par la critique, et plongez dans l'intimité de deux lycéens unis par un secret qui changera à jamais leurs visions de la vie.

Découvrez également Je veux manger ton pancréas en version manga.
2 tomes disponibles dans la collection Pika Shônen.

Lire un extrait
www.pika.fr/livre/je-veux-manger-ton-pancreas-9782376320340

Série en 3 volumes.

Fûka

TOUT POUR LA MUSIQUE !

Après le départ de ses parents pour les États-Unis, Yû commence une nouvelle vie à Tokyo avec ses trois sœurs. Le lycéen passe son temps sur un célèbre réseau social avec son smartphone plutôt que de se faire des amis. Sa rencontre avec Fûka, une jeune fille au caractère bien trempé, qui se balade des écouteurs vissés sur les oreilles, parle fort et dit ce qu'elle pense, va bouleverser son quotidien. Alors que tout semble les séparer, Yû se lie d'amitié avec la jeune lycéenne qui a bien du mal à combler le vide qu'elle ressent dans sa vie ! Le jeune homme l'aidera-t-il à prendre son envol et à enfin trouver sa voie ?